16	3	2	13
5	10	11	8
9	6	7	12
4	15	14	1

IARA BIDERMAN

TANTRA
E A ARTE
DE CORTAR CEBOLAS

editora■34

EDITORA 34

Editora 34 Ltda.
Rua Hungria, 592 Jardim Europa CEP 01455-000
São Paulo - SP Brasil Tel/Fax (11) 3811-6777 www.editora34.com.br

Copyright © Editora 34 Ltda., 2024
Tantra e a arte de cortar cebolas © Iara Biderman, 2024

A FOTOCÓPIA DE QUALQUER FOLHA DESTE LIVRO É ILEGAL E CONFIGURA UMA
APROPRIAÇÃO INDEVIDA DOS DIREITOS INTELECTUAIS E PATRIMONIAIS DO AUTOR.

Imagem da capa:
Edward Hopper, Study for Morning Sun, *1952, giz e grafite s/ papel,
30,6 x 48,1 cm, Whitney Museum of American Art, Nova York*

Capa, projeto gráfico e editoração eletrônica:
Franciosi & Malta Produção Gráfica

Revisão:
Alberto Martins, Fabrício Corsaletti, Marcelo Silva Souza

1ª Edição - 2024

CIP - Brasil. Catalogação-na-Fonte
(Sindicato Nacional dos Editores de Livros, RJ, Brasil)

B386t   Biderman, Iara
　　　　　Tantra e a arte de cortar cebolas /
　　　　Iara Biderman — São Paulo: Editora 34, 2024
　　　　(1ª Edição).
　　　　120 p.

　　　　ISBN 978-65-5525-185-2

　　　　　　　1. Ficção brasileira. I. Título.

　　　　　　　　　　CDD - B869.3

TANTRA
E A ARTE DE CORTAR CEBOLAS

Natal em casa	9
Tantra e a arte de cortar cebolas	11
Necrofilosofia	15
Retiro	17
Guia de bolso para viagens pro lado de lá	19
Glavna željeznička stanica u Sarajevu	29
Manifestação	35
Vista para o mar	39
Delivery ou a história quase triste do malandro, sua mulher, seus livros e um pedaço de pizza	47
Roubadas	51
Uber	57
O que fazer em Estrasburgo	63
Serviço de proteção aos animais	69
Lavanderia	73
Visita guiada	77
Fim de feira	83
Inventário ~~dos perdidos~~	89
Manga	95
Minhas férias de um mês	101
Espécies de apartamento	107
Fuga em dó maior	111

para Fanny e Mauricio

NATAL EM CASA

Joelho ralado, camiseta manchada, cabelos enroscados na cabeça tão grande para aquele corpinho. Compra um panetone para mim, tia. Como assim, este ano não vai ter nem ceia, moleque, podia ter dito. O vigia foi mais rápido. Saiu da zona do tender direto para a pirâmide de chocotones e mandou o menino vazar. Sorte do moleque, a tia ficou do seu lado. Espera lá fora, acabo minhas compras, na saída te dou o panetone. Quero esse com chocolate. O garoto era abusado. Para ela seria tudo muito rápido, só o essencial mesmo: papel higiênico, detergente, ovos, alface, banana, pão e queijo. Ninguém vinha para o jantar. Estancou na gôndola de bebidas, espumante em oferta, um espanhol mais barato que os brasileiros, se bem que a qualidade dos nacionais subiu muito. Levou mesmo assim, para se fartar de pão, queijo e champanhe; de acompanhamento colocaria a playlist mais quente e sonharia com uma orgia. Acabou esquecendo o chocotone do menino. Ele ainda estava lá, pé encostado na parede do estacionamento, o joelho vermelho apontando pra ela. Vamos fazer assim, você me ajuda a levar as compras pro apartamento e lá em cima te dou uma coisinha, combinado? Sem responder, o moleque pegou as sacolas, arrastando os chinelos no caminho. Subiram pelo elevador de serviço, tinha deixado a porta da cozinha destrancada, ficava mais fácil quando chegava carregada de compras. A pia entupida de pratos, todos os copos da casa empilhados no tampo. Pode colocar as compras em cima da mesa. O moleque deixou as sacolas no chão, as pernas muito esticadas, mãos na cintura feito um guarda-mirim encardido. Esperava. Sabe, não comprei seu panetone porque tive uma ideia. Você fica pra jantar comigo. O menino ainda esticado e mudo, ela achou melhor colocar uma música e guardar sozinha os mantimentos comprados. Aproveitou para lavar as mãos quando levou o papel higiênico para o banheiro, na volta à cozinha o menino comia um pedaço do pão. Espera, assim você vai estragar nossa ceia. Só ela riu. O espumante foi para o congelador. Deixou a sanduicheira elétrica esquentando enquanto montava os pães com fatias de queijo branco e tomate cortado em rodelas finas, o afiador de facas tinha passado esta semana, finalmente. Todos os pratos sujos, lavou dois, de sobremesa, mandou o menino lavar as mãos e abaixou o volume do som para ouvir a banda do Exército da Salvação na janela. O queijo derreteu bem e o pão ficou um pouco queimado por baixo. Comeram com as mãos. O pior de tudo, pra ela, era lavar os talheres. Também não teve vontade de lavar os copos, serviu o espumante em xícaras, tirado do freezer um segundo antes de congelar. Se o menino gostava, não sabia, estavam com sono. Ele dormiu no sofá, e ela, de roupa. Esqueceu de apagar a luz da cozinha. Quando acordasse, iria fazer rabanada. Sobrou pão, tinha os ovos, faltava canela, será que o supermercado abre no dia 25? Só deu conta da bobagem feita ao entrar na sala — as almofadas do sofá, a camiseta e os chinelos do moleque espalhados no chão, a água entrando pelas janelas abertas. Bateu o desespero. Seu menino tinha saído descalço e sem camisa naquela chuva.

TANTRA
E A ARTE DE CORTAR CEBOLAS

Primeiro corto no meio, para poder apoiar na tábua, claro, se ficar rolando não dá pra picar. Cebola é uma coisa tão óbvia, é só cortar duas metades, talhar na vertical, mais uns dois cortes na horizontal, engolir esse choro, a obviedade de uma barata: um dia acordo cebola, toda cortada em cubinhos. Ele comeu em rodelas cruas, uma salada dos infernos soltando enxofre pela boca. Porra, isso a gente não tinha combinado, por acaso perguntou se eu estava a fim de uma perversãozinha gastrossexual? Por acaso eu disse não? O bafo das palavras não ditas enfiado na minha língua, ele não falou porque queria continuar comendo. Matei aula para cair de boca naquela cebola crua, e poderia matar por menos, com esta faca dá para cortar *Julienne*, tirinhas transparentes de tão finas, mas não tinha faca japonesa naquela época e, bom, *Julienne* é muito a cara da burguesia, a última coisa que eu queria naquela época era pagar de burguesinha, a penúltima era uma foda acebolada. E acabei batendo faca nessas camadas de pele branca, uma hora derreto de tanto chorar, o vapor sulfúrico afogando meus olhos.

Se deixar de molho na água gelada acalma, deixa de ser ácida até na crueza — que palavrinha! Mas bom mesmo é extrair o doce, dourar o bulbo lâmina por lâmina. Minha avó fritava as tiras na banha de galinha, secava no papel-toalha antes de jogar na fervura, se estivessem molhadinhas a gordura espirrava para fora da panela, criança ficava longe do fogão para não se queimar. Tirava do fogo antes de torrar e esparramava por cima da massa dobrada em meia-lua recheada de purê de batata, amido por dentro e por fora (e a cebola caramelizada também voltava misturada no recheio), como era bom poder viver na redundância. Melhor é terminar o trabalho sujo, desarmar o choro, esfregar as mãos debaixo d'água como uma Lady Macbeth de avental. Cheiro de cebola e sangue de inocente não saem com pouco sabão.

Banha de galinha é impossibilidade, azeite? Extravirgem, o fluido precoce extraído da primeira prensagem, acidez na medida, mas frutado demais, enjoa. Vou usar *ghee*, gênia, ninguém pensou nisso antes, transformar cebola em ouro na manteiga clarificada, oferenda para deuses. Agora sim, isso está ficando chique, quase romântico, não, daí fica brega. Mais para místico, uma manteiga derretendo o tempo, tanta coisa para fazer e a fervura lenta de um mundo sendo criado. Antes dos dias, Prajapati, Senhor das Criaturas, esfregou as palmas de suas mãos lubrificadas, deixando a oleosidade da pele pingar no fogo e, desse óleo fervido — *ghee* —, foram gerados os seres e o tempo. Por horas, Prajapati e sua mulher, Vac, cuidaram da manteiga fervente, o Senhor das Criaturas esfregando as mãos quentes sobre a panela; Vac, a deusa da linguagem, retirando com uma escumadeira a espuma que subia da gordura. A manteiga purificada foi guardada em potinhos e Vac lambeu o dedo do marido para contar a ele qual era o gosto das criaturas antes de serem decantadas. Um sabor levemente adocicado, como cebola frita; não, uma coisa mais crua e ácida, mas isso não era problema para eles, porque os deuses não ficam com bafo.

Não foi bem assim. O dedo do Senhor das Criaturas não tinha sabor de cebola coisa nenhuma. Tinha gosto de amêndoas defumadas, e isso sim era um problema para Vac, porque viciam, e ela queria ficar chupando para sempre o dedo amendoado de Prajapati em vez de cuidar da panela, atenta pra tirar na hora certa a espuma borbulhando na fervura. Caralho, como demora pra ficar pronta — essa manteiguinha dos deuses foi fervida no caldeirão do Diabo, quando ele existia e sabia cozinhar. E você vai chegar perguntando o que é isso, por que aquilo, como se chama, ah, escumadeuuuuura, com aquele sotaque, e eu querendo enfiar a língua nativa naquela língua estrangeira sem desviar o olho do fogão para a porra não vazar, meio quilo de manteiga, quem vai limpar isso? Fora o desperdício, e nossas mãos vão ficar todas meladas.

Desengordurava os dedos e as palmas nos seus pelos (onde você aprendeu a fazer isso?), sei lá, vamos brincar de fazer criaturas, mas não dava tempo, eu matei aula e você ia se matar de trabalhar, por que a gente não joga tudo pro alto e vai pro Himalaia? Foi assim que a gente se conheceu, mas naquela época eu estava de férias, ótimo, largar a faculdade, o emprego, o país, fugir com o gringo, viver de feriado o ano todo. Vamos, meu bem, ficar na pior em Paris e Londres, e quando a gente se cansar, tudo bem, pago eu de burguesinho, você volta para casa, fica no bem-bom aprendendo a fazer coisas novas com as mãos, você é boa nisso. Essa parte cheirava a cebola, cacete, nem percebi.

Burra, bourgeois não é nome de vinho francês, e é mentira essa história que vinho bom não dá ressaca. Quando Vac ficava cheia de cuidar da panela, ia tomar uns golinhos, e Prajapati espremia as mãos oleosas sobre o fogo, mas não conseguia gerar nem uma pedra se ela não estivesse ao seu lado retirando a espuma da manteiga onde os seres eram criados. Vac até tentava explicar para ele o gosto das criaturas, mas enrolava a língua amolecida no vinho, ninguém entendia o que estava falando, e ela enfiava a boca cada vez mais fundo no dedo de Prajapati para tentar extrair de novo o gosto de amêndoa daquela carne defumada. Na ressaca, nem percebemos quando a cebola rola para trás do fogão, cadê a outra metade, o que Deus uniu o homem não separa, é a mulher mesmo que tem de fazer o serviço sujo. Com o cabo da escumadeira dá para resgatar a meia cebola encurralada entre o forno e a parede, se ninguém limpar vai encher de barata. Nessa altura não dá para largar a panela com *ghee*, jogar milênios de trabalho no lixo.

E se eu deixar a espuma transbordar, *golden shower* amanteigado, o que é isso? Daí não vai dar para dourar as cebolas na frigideira, assim, devagar, para não espirrar gordura nem queimar quem está do lado, perceber as rodelas amolecendo, chiando até adoçar o cheiro acre, o que tem nessa panela? Cebola, *ghee*, amêndoas defumadas, tesão — chega, vamos chamar as coisas por seus nomes — tesaaaooooou, você quase perde o fôlego quando tenta chegar lá, ao "ão", nunca vai aprender minha língua. Nem eu aguento mais esse joguinho de palavras, fazer amor, não, meu bem, é foder mesmo, trepar sem tréguas depois do jantar, depois o cacete, era pra eu comer agora, você ou alguém melhor que você, em vez de ficar picando essas malditas cebolas.

NECROFILOSOFIA

Mãe, tem gente demais, não deixa te apertarem. Fica aí com o pai, segura ele. Este lugar aqui, não sei, parece meio longe de casa. Se você não souber voltar, não solta a mão dele, pede carona no ônibus da escola, você viu que veio todo mundo? Essa música, tá bom, é bonita, agora é, eu estou gostando e odiando. Já zoei muito os caras cantando, nunca entendi bem essa parada de religião. Tinha aquela professora na outra escola falando que era o mais importante de tudo, de todas as matérias, até de matemática e português, porque era pra entender o sentido de tudo, tudo tem um sentido, ela falou. Até matemática? Isso foi eu que falei, sério, mas ela me mandou pra fora da sala porque achou que eu tava zoando; tá, eu fazia muita bagunça. Eu sei que você nem tá pensando nisso agora, mas pode pensar, se eu não fosse tão bagunceiro não tinha mudado de escola, não tinha passado no caminho deles. Pior que estava gostando da escola nova, não tinha professora de religião, mas tinha um de filosofia. Não sei bem pra que serve isso, e ele disse que filosofar era aprender a morrer. Professor muito louco, a gente estudando ferrado pra aprender a não morrer, que horas sair, calar o bico, levar documento, caderno, caderneta, responder direitinho, não andar com roupa de maluco.

Ele não viu que eu tava com a roupa da escola? Roupa serve pra não ver o que tem dentro da gente, esconder a pele, o osso, o pau, só quando fica duro não dá para esconder. Tudo bem, tem mina que gosta de ver, se acha a gostosa, como aquela que eu tava gostando, mas não era para o meu bico, namorava um figura — diz até que era polícia, ninguém mexe, a gente já aprendeu a não morrer de bobeira e não foi na aula de filosofia, tá? Foi uma sacanagem, o cara atirou assim, ó, pertinho, e doeu pra caralho. Agora meu caralho vai apodrecer, a pele vai desmanchar, os miolos vão virar caldo. Teve uma aula de biologia sinistra, explicando toda essa merda da decomposição do corpo do defunto, acho que era só pra botar terror na gente. Depois da aula um cara passou na quebrada onde desovam os bandidos e até vomitou, juro. Mãe, você vai ficar gritando, né, porque o pai não fala nada, nunca falou mesmo, mas não larga a mão dele porque aí tem gente demais. Tá todo mundo gritando nesse lugar surdo, e você também. Grita mesmo, eu sei que não é comigo, eu até ia berrar junto, mas não vai rolar. Era melhor nem ter ido naquela aula sinistra, porque agora só fico pensando nessa porra da decomposição, os bichos vão comer minha língua, meus olhos, tudo, em dois anos acabam com tudo. Só os ossos e os dentes duram milhares de anos, sabia? Dava até pra aprender todas as filosofias em mil anos, mas, aqui, é nada. Acho que nunca vou aprender a morrer.

RETIRO

Fica tranquilo. Só queria te dizer que está tudo como você deixou. Eu deixei. A cama arrumada, coração, como você gosta. Sei que a colcha não está muito bem passada, mas dei meu melhor, juro. Sempre dei. Tento. Fazer surpresas pra você. Nunca tive muito tempo pra isso, ou não sabia aproveitar. E daí você saiu daquele jeito. No começo não entendi, achei que estava irritado, que boba. Era pra me dar tempo de deixar tudo assim. Do jeito que você gosta, mas nunca totalmente. O mosquiteiro, pra quê? Você não faz ideia de quantos pernilongos, nunca é picado, só eu. Mas não podia arriscar com o bebê. Daria minhas pernas, braços, coxas, bunda e até a cara para ser picada no lugar do bebê, mas não há acordo com pernilongos.

Estou tranquila, coração, aqui não tem insetos. Incenso, velas, funcionam, viu? Só não pode deixar aceso a noite inteira, imagina um acidente. Às vezes penso nas consequências. Até tirei o ventilador da tomada para não dar um curto, deus me livre. Deixei pra você ligar quando quiser. Não parece, mas eu te entendo, um dia eu iria botar fogo na casa. Deixei pra você. O mosquiteiro não, você nunca é picado. E não foi por causa do mosquiteiro, a médica garantiu, bebês não sufocam assim. Coração. Alguma coisa já estava estragada antes. Mas a médica disse que não é culpa de ninguém.

Retiro. Eles chamam aqui assim. Tem muita gente, você ia odiar. Nem sempre. Todos têm um coração bom. Pode pensar, mas não é isso, juro. Nem quando o mestre vem fazer a massagem. Um dia te explico, se der. As mãos do mestre. Precisa saber os pontos do corpo e usar óleo, cheira bem e ainda espanta pernilongo, melhor que repelente. O quarto é quente e eles não usam ventilador. O sol numa parede, corações na outra. Na cama não, é uma colcha indiana, mais fácil de passar. Um dia o mestre vai me ensinar a fazer massagem, posso até ganhar dinheiro com isso. Agora não, preciso relaxar primeiro.

Deixei a janela aberta pra entrar um pouco de luz. Se chover, pode fechar.

Aqui eles nunca abrem as cortinas porque os vizinhos são muito curiosos. Sol pode entrar. Compraria uma cortina pra você, se tivesse um coração bom. Estou aprendendo, o mestre disse que quando eu estiver pronta, pode me dar um bebê. Somos todos uma família aqui. E ninguém come carne. Até você ficaria tranquilo, mesmo odiando paredes coloridas e sol entrando no quarto.

Mande lembranças pra sua mãe, quando fizer as pazes com ela. Deixei um estrogonofe no congelador, precisa comprar batata-palha.

GUIA DE BOLSO
PARA VIAGENS PRO LADO DE LÁ

> "Hey, Babe, take a walk on the wild side"
> Lou R.

Esta é uma edição especial de nosso guia de viagem. Sucesso desde o lançamento, há 48 anos, traduzido para mais de cinquenta idiomas, tornou-se referência para quem planeja fazer turismo no lado de lá. A cada ano, procuramos oferecer uma edição mais completa e atualizada, checando informações e descobrindo novidades. Desta vez, oferecemos bônus. Além do formato *light*, para levar no bolso, fizemos uma edição colaborativa, na qual incluímos dicas de nossos leitores (devidamente checadas) e depoimentos com histórias reais dos maiores entendidos na área. Espero que gostem.

Boa leitura, boa viagem e boa sorte,

Lou R.
Editor-chefe

Como chegar

Vários caminhos levam ao lado de lá, mas muitos motoristas de táxi ou aplicativos recusam esses trajetos. O meio de transporte mais consagrado é a carona, alternativa econômica para quem quer fazer o passeio em outra cidade. Mais barato, só a pé — nem sempre é necessário fazer uma viagem longa, o lado de lá está mais perto do que a maioria das pessoas imagina. Na parte final deste guia você vai encontrar uma seção com dicas de leitores sobre roteiros a poucos metros de suas casas. Se você dobrou a esquina e descobriu um bom passeio, mande suas dicas para www.wildside.com.

Como vantagem, na carona, a programação já começa bem antes do destino final. Pode ser um pouco mais demorado, mas dá para fazer muita coisa no caminho.

Holly viajou 4.737 km de Alto Alegre a São Paulo. A primeira carona, um Corcel II, foi para sair do centro quase urbano do município para a RR 205. Quando fez dezoito anos, Holly convenceu o pai a lhe emprestar o carro — a mãe ajudou, era o primogênito. Dirigia muito mal, mas levava amigos e amigas para as baladas com o Corcel do pai. As melhores festas de Alto Alegre eram na zona rural; ter carro, a garantia de acesso. A turma de Holly não tinha tanta grana e terras como os donos das festas, mas era a cota de gente estranha animada. Holly ficava meio de lado, só ganhava a dianteira na hora de dirigir. Quando brigou com o pai, perdeu o carro e os amigos. Pela primeira vez, sentou-se no banco do carona num Corcel II, de um boyzinho da cidade que até dirigia bem, mas não respeitava sinal e faixa de pedestre. Do nada, o boy o mandou descer no meio de um vazio que nem estrada era. Andou uns 8 km a pé, chegou à rodovia quase noite, só um caminhão passou. O segundo a passar parou, três da manhã. Caminhoneiro casado, evangélico, conhecia um bom pastor em Boa Vista para ajudar Holly. A casa era humilde, mas podia ficar por uns dias. Todos os filhos do caminhoneiro já estavam casados, só o mais novo continuava lá, era da mesma idade de

Holly. Aos sábados, o filho do caminhoneiro raspava muito bem uma barba que quase não tinha para ir ao culto. Gilete boa, três lâminas, quando todos saíram Holly colocou o pé na pia, raspou primeiro do joelho para baixo, ficou uma merda. Entrou no chuveiro para raspar coxa, virilha, a água pelando, uma sauna para abrir os poros, uma sauna, nem precisava usar o sabonete. Numa coxa raspou demais, teve que usar um bolo de papel higiênico amassado para estancar o sangue, não tinha algodão. Pai e filho chegaram gritando, a mulher do caminhoneiro trancada no quarto pra nem ver uma coisa dessas. Satanás tinha que sair daquela casa imediatamente. Não ficaria mesmo, ainda faltavam 4.650 km para rodar, mais seis caminhões, uma surra, mais o caminhoneiro que o levou para o hotel beira de estrada, tudo bem combinado, só fazia o ativo e nem fodendo ia dar o cu pra uma bichinha traveca como ele. Antes de clarear e o bofe acordar, Holly aproveitou o espelho do quarto pra fazer as sobrancelhas. Seus olhos meio índios ficaram ainda mais lindos.

Onde dormir

A oferta de hotéis é grande no lado de lá. Há preços por hora e pacotes para uma noite inteira. Vários não incluem café da manhã, mas há muitas opções para comer na vizinhança destes estabelecimentos (leia abaixo). Estadias mais longas podem ser negociadas diretamente com a gerência. O pagamento é à vista e não inclui o consumo de bebidas.

Uma possibilidade é não fechar com hotel algum, muitos preferem nem dormir no lado de lá. Nesse caso, a dica é usar o dark room (em tradução livre: quarto escuro) das baladas LGBTQIA+ ou das casas de swing. O preço está incluído no valor do ingresso.

Dark Room, para Candy, foi a salvação. Ela sempre pareceu mais velha do que era, uma relativa vantagem no começo, mas envelheceu de verdade na pior. Colecionava tutoriais de maquiagem para mulher madura, retocava as raízes a cada sete dias, não dava conta. Desaparecia no quarto escuro, dark ruga, bunda, pálpebra, tríceps, aquele do tchauzinho. Ódio da Madonna, 64 anos e ainda sarada, comeu até Jesus quando ele tinha 21 anos. Para milionárias fica fácil se empoderar. Novinha, Candy foi poderosa. Nem tinha velhas em seu mundo, só os velhos, não exatamente milionários, mas com o suficiente para cobrir na gorjeta o excesso de idade. Nenhum problema, ela negociava bem. Com a mãe, negociou depositar o dinheiro direto na conta, nem precisava passar na casa onde comeu e dormiu nos intervalos entre as aulas escolares. Dormia a tarde inteira nos anos do ensino médio, comia nada até a mãe ameaçar internar. Daí comia e vomitava escondido e pagou para fazer o book da agência de modelos. Foi chamada para testes, arrumou coisa melhor. Cálculo e cabeça fria, até as garotas experientes elogiavam sua frieza, mas por trás tentavam cortar suas asinhas. Competitiva, sem ser a mais bonita ou famosa, Candy investia num diferencial, aprendia novas técnicas para agregar valor, virou a rainha do boquete. Uma das poucas coisas que melhoram com a idade, ouviu de um sujeito no dark room, sem saber se estava falando dela ou dele mesmo. A mulher do sujeito também queria, ficou doidinha, você precisa aprender a fazer assim, dizia ao marido. Toda quinta, o casal voltava ao clube de swing, ele se arriscava e ligava a lanterna do celular, proibidão, para encontrarem Candy no escuro. Numa quinta a perderam, pediram informação ao gerente, de jeito nenhum, sigilo total é a regra da casa, Candy até levou uma advertência. Na semana seguinte, o casal passou para ela um bilhete com o número do celular. Uma proposta: não tinham filhos, dispensaram a faxineira, ela podia morar no quartinho de empregada sem pagar nada. Trabalho só à noite, tinha o dia inteiro pra fazer o que bem entendesse. O povo fala mal, mas o quarto era bem ajeitado, o único problema era não ter janelas. Com o dinheiro economizado do aluguel, já deu pra fazer clareamento de dentes e agendar o microlifting, doze vezes sem juros.

Passeios

Flanar pelas ruas é uma boa forma de conhecer o lado de lá. Melhor ainda é fazer isso acompanhado de um guia local, ótima oportunidade para descobrir os endereços e programas secretos da região.

Nas recepções dos hotéis é possível obter informações sobre esses guias. Eles também podem ser encontrados em bares e clubes. Se não quiser agendar nada com antecedência, o turista pode simplesmente sair sozinho pelas ruas e contratar o serviço no meio do caminho, em qualquer esquina. É recomendável combinar o preço antes.

Além de baixinho, Little Joe era muito magro, mas tinha o olhar de criança perdida, dava vontade de levar pra casa e cuidar. A dona da pensão foi a primeira, esquecia de cobrar o mês, convidava para almoçar junto, de graça, lá pelas três da tarde. Trepavam depois do almoço, menos sexta e sábado, quando os dois tinham maior volume de trabalho. Joe também não cobrava as trepadas, mas isso só com ela. Para as outras, pagamento na hora, em dinheiro. Uma vez a cada dois meses ia para o interior, a mãe preparava macarrão com brócolis para ele ficar mais forte, escondia espinafre no meio da almôndega — cada vez mais magro, não está se alimentando direito. O franguinho, prato preferido, sempre com polenta, levava num tupperware quando voltava pro lado de lá. Logo descobriu a academia pertinho, gerente amigo da dona da pensão, arranjava um desconto. Um programa mais leve para adaptar o corpo, a carga aumentando aos poucos, até o HIIT, treino intervalado de alta intensidade. Viciou. Passava as tardes na academia, não almoçava nem trepava mais com a dona da pensão, dispensava o macarrão na casa da mãe, excesso de carboidratos. A dieta hiperproteica inchava seus músculos, uns aditivos ajudavam, mesmo fazendo cair os cabelos. Aumentou o tempo nas esquinas, precisava de mais programas pra pagar as contas — a dona da pensão parou de esquecer de cobrar e o *whey* custa uma fortuna com esse dólar alto. Holly quis saber a marca do suplemento. Encontravam-se às vezes na saída da academia, pouco — Holly não pegava pesado nos treinos, mas todo mundo gostava dela no lado de lá. Logo que chegou, vinda de carona do Norte, ganhou apelido de Santa, de tanto querer ajudar os outros. Levou Joe ao novo clube descolado, Gogos Boys e artistas para todos os gêneros e idades acima dos dezoito. Com chapéu de caubói e sunga preta, ele dança ao lado de dois Gogos altões, tira a sunga, circula com o pau duro entre as mesas apertadas, passa o chapéu. O baixinho agora fortão faz sucesso nas despedidas de solteira, as meninas gritam e agarram, as tias das noivas colocam o dinheiro no chapéu. Sua agenda lotou, quando não está dançando leva as tias pra um rolê no lado de lá. É conhecido como o melhor guia local, apesar de ser interiorano. Um orgulho para Holly.

Onde comer e beber

Com cardápios fartos e variados, come-se de tudo no lado de lá. Bebe-se muito, em qualquer lugar: bares, baladas, restaurantes, clubes, calçadas. Os preços variam e, em geral, são mais caros nos clubes, onde é proibido levar sua própria bebida.

As opções econômicas estão disponíveis no horário de almoço, muitos restaurantes servem prato feito ou por quilo. Sobremesas não são o forte desses locais, mas sempre é possível encontrar surpresas no lado de lá.

Sugar Plum Fairy, mas pode me chamar de Fada Açucarada. A apresentação vem sempre seguida de um resumo da história do balé russo, algumas notas sobre Tchaikóvski e o enredo de *O Quebra-Nozes* até chegar ao ápice do segundo ato, o *pas de deux* da fada no Reino dos Doces. A ideia de se montar como a fada do balé veio quando Sugar foi lavar pratos em restaurantes de Dublin. Uma temporada morando no exterior sempre dá um up na carreira. Em dezembro, apesar daquele puta frio, os dublinenses ficam no calçadão do centro, à noite, para assistir apresentações ao ar-livre do clássico natalino. A dança da Sugar Plum Fairy, bem curta, é reservada para a *prima ballerina*. De volta ao Brasil, já no lado de lá, Sugar não queria ser mais uma drag com cílios postiços extralongos e roupas brilhosas. Fada, precisava só de um tutu, sapatilhas de ponta e uma coroa de cristais da 25 de Março. Aprendeu a ficar nas pontas e enrolar uma pirueta capenga, porque todos pedem pra ela rodar. De terça a sábado, anota nomes, RGs, celulares e entrega pulseiras para o público do clube onde Joe dança e tira a roupa. Nunca bebe, quem morou na Irlanda não aceita um destilado qualquer. Come pouco na rua, pra manter o corpinho de bailarina, o povo diz. Bobagem. Sugar precisa da comida feita em casa para ser fada. Poderia viver de seu feijão com arroz, um ovo frito de gema mole por cima. Aos domingos, chama Joe para almoçar em sua casa, ele não tem ido ao interior comer com a mãe. A fada queria armar um encontro dele com Candy, já curada dos hematomas da cirurgia plástica e meio de saco cheio de transar sempre com o mesmo casal e dos dias sem sair do apartamento. Sugar fez frango com polenta, quase tão bom quanto o da mãe de Joe. Candy trouxe vinho, elogiou a comida e foi embora antes da sobremesa. Nunca se interessou por franguinhos.

Ultrapassando o lado de lá

Depois de explorar as principais atrações locais, muitos turistas aventuram-se a cruzar fronteiras para descobrir roteiros além do lado de lá.

Planejar com antecedência a programação para ultrapassar os limites da área é tarefa impossível. Cada experiência é única e o resultado da viagem depende mais de sorte do que planejamento. Na dúvida, não ultrapasse.

Jackie e Holly furaram o sinal vermelho e a blitz na Amaral Gurgel. Toda sexta tem operação Lei Seca, esqueceram. Tanto tempo sem pegar no volante, ainda mais um carrão daqueles. Antes de Jackie ir pro lado de lá, só andava de carrão, dinheiro para gasolina e para o pó não era problema. Só dizer aos pais sim, estou indo na terapia, e a TED caía na hora. Um dia a terapeuta ligou, deu merda, maior do que o "sabia que sua filha não é mais virgem" da ginecologista. Essa gente não respeita o sigilo profissional.

Nada de carro, mesada, aprenderia a ter limites. Fugiu de casa, um fornecedor gente boa indicou uma amiga querendo dividir o apê — vista para o Minhocão, vai virar parque e valorizar a região, os aluguéis já subiram. Holly, a santa, queria ajudar Jackie, aconselhava, ficava apavorada quando o dinheiro pra coca acabava. Se a fissura crescia, fazia Jackie tomar uns valiums comprados sem receita. Holly também tomou os comprimidos no mês em que a *roommate* ficou na clínica. Voltou limpinha, roupa nova e cabelos cortados, os pais soltaram uma grana pra ela se tratar, sobrou para comprar o gim e o pó para comemorar, só aquela noite. Cheiraram no apartamento, antes de irem ao clube, dia de Joe se apresentar. E esse carro, Holly queria saber, Jackie enrolava, era dos pais, do amigo dos pais, de um cara, deixa pra lá, hoje é dia de comemoração, deixo você ir guiando. Do Corcel II para um carro daqueles: Holly não se lembrava de mais nada, nem da carteira vencida. Quando viu a blitz, a memória voltou junto com o gosto do gim. Acelerou. O show de Joe já tinha começado. Sugar mandou um zap para Candy perguntando se a amiga podia ficar em seu lugar anotando RGs e entregando as pulseiras para o povo entrar no clube. Só aquela noite.

GLAVNA ŽELJEZNIČKA STANICA
U SARAJEVU

Para mulheres, a melhor tática não é muito diferente das usadas em banheiro de boteco, de avião ou restaurante de estrada. Com os pés ligeiramente afastados (na largura dos quadris), a passageira flexiona os joelhos, as costas retas um pouco inclinadas à frente, o impulso de sentar travado poucos centímetros antes de encostar no vaso. De preferência, o assento está levantado. Precisa contrair as coxas, para manter o agachamento, e o períneo, para controlar o jato e esvaziar a bexiga em linha reta bem no meio do buraco sem fundo, as gotas espirrando nos trilhos lá embaixo.

Banheiro de trem lembra o de avião, mas é um pouco maior. O chão não trepida tanto, ondula como uma prancha de surfe. O peso do corpo é transferido milimetricamente de uma perna a outra, no mesmo ritmo do piso, e tudo fica parado, menos as plantações de trigo e milho correndo em direção oposta. Da janela do banheiro dá pra ver bem campos e casas já passados. Menos quando o trem entra num túnel e a passageira encontra sua outra cara na janela, do outro lado do espelho, e não sabe mais qual delas vai chegar primeiro nem o nome da estação em que deve descer.

Mas há poucos túneis para se ver naquele trajeto. São todos curtos, não dá tempo de faltar o ar como nas passagens subterrâneas de verdade, percorridas a pé para chegar ao miolo de pirâmides ou catacumbas.

De Zagreb a Sarajevo são nove horas e o trem sempre atrasa. Só três vagões, tudo com cabine de segunda classe, e nem um funcionário passando com carrinho pra vender amendoim, chocolate, refrigerante e café de garrafa térmica. Se houvesse, custaria mais caro que os lanches na sacola da passageira, dois sanduíches (um para o marido), fruta, biscoito e uma garrafa de Jana, água croata. Jana é puríssima e tem uma composição única de minerais, mas o marido aconselha beber pouco para diminuir o incômodo do banheiro — não é bem o caso do homem, que mija em pé mesmo. Nem incomoda tanto a passageira, porque tem espelho e janela, e quando os pés estão bem firmes no ritmo do chão, tudo fica parado e mudo, é como quando os filhos eram pequenos e ela se trancava no banheiro para poder ler.

O trem parte de Zagreb saindo de algum livro do século passado, quando mesmo a segunda classe tinha cabines fechadas, o banco de dois lugares encarando o espaldar da frente, quatro passageiros se estranhando cara a cara. No banheiro, a passageira não encara ninguém e se estranha no espelho, ainda semiagachada sobre a privada, a pia bem em frente. Sai e acende um cigarro na passagem entre um vagão e outro, junta sua fumaça à dos viajantes sérvios, croatas e bósnios, indiferentes às disputas regionais e mensagens antitabagistas.

Ferdynand veio da cabine ao lado para pedir um saca-rolhas. Voltou para filar cigarro. Decidiu parar de fumar ainda em Zagreb, jogou um pacote inteiro no lixo da estação. Mas, com o vinho, sabe como é — ele ofereceu um gole. Tinha resolvido também parar de beber, mas, ao chegar cedinho à estação, descobriu que não serviam chá, a solução foi levar o vinho. Nascido na Polônia, ele se considera muito inglês. Prefere ser chamado de Fred.

A vida é cheia de coincidências e o anglo-polonês, especialista em frases puxa-assunto. Três estrangeiros indo juntos para Sarajevo de trem ou outro acaso qualquer já introduz o pedido de mais um cigarro. Na terceira vez, a passageira corre para o banheiro. Passadas as primeiras três horas, viagem é monotonia. A paisagem repetida, o mesmo gosto na metade restante do sanduíche, a falta de assunto. Não era para ser assim, ela tenta enxergar outro rosto no espelho. Acende o cigarro no banheiro mesmo, joga no oco da privada antes de sair.

Isso que dá tomar tanta água e ir mijar tantas vezes. Na sua última ida ao banheiro, Fred não tinha entrado na cabine pra filar cigarro e ela perdeu o começo da história contada ao marido pelo anglo-polonês. Medo de entrar em qual túnel? É uma história muito antiga, Fred precisa ir ao banheiro antes de recontar e, bom, aproveitaria para fumar mais um, se ela não se importasse. Importava, a passageira calculava quantos euros ele economizava às suas custas, mas perdeu as contas e, não, nunca tinha ouvido falar das pirâmides de Sarajevo.

Na cabine, os campos de trigo correm menos do que na janela do banheiro, até se afastarem na mesma velocidade do avanço do trem. Em sincronia, tudo fica parado, e parece que Fred não volta nunca mais para contar histórias. Só depois de o bilheteiro entrar para conferir as passagens.

Fred precisa lembrar o começo de tudo. Em Sarajevo, as pirâmides foram construídas antes de Franz Ferdinand, que não é seu parente, ser assassinado pelo sérvio Gavrilo Princip na Ponte do Príncipe. Muito antes mesmo, há bilhões de anos, quando o meio da Europa foi colonizado por extraterrestres, os únicos capazes de erguer a estrutura de 220 metros, mais alta até do que a tumba de Queóps.

Grande demais para a passageira, ela prefere voltar ao banheiro e perde a parte em que Fred conta ser arqueólogo e trabalhar como voluntário na escavação de túneis nas pirâmides bósnias.

Um caminho de pedras regulares, como o granito do banheiro do hotel em Zagreb, leva ao túnel de 150 metros para a entrada das pirâmides. Perto de Visoko, noroeste de Sarajevo, estão os quatro colossos: do Sol, da Lua, do Dragão e o do Amor.

Em todas as estruturas piramidais, há a construção para o Sol. As da Lua geralmente são erguidas por civilizações matriarcais. Dependendo do lugar, o Dragão pode ser Águia ou Elefante, mas sempre significa sabedoria e inteligência. A pirâmide do Amor só existe na Bósnia.

Na janela do banheiro, a paisagem desacelera. Todos os passageiros precisam voltar às cabines para apresentar seus passaportes. Não há túneis na fronteira entre Croácia e Bósnia-Herzegovina, só a burocracia de sempre e os avisos em alfabeto latino e cirílico, a passageira meio lenta para entender. Toda a tática para mijar em pé perdida, pingo na tábua, no chão e, pior, na calcinha.

Ninguém percebe que ela está meio molhada. Fred sumiu e o marido não sabe contar o resto da história do arqueólogo, não prestou muita atenção. Também não percebeu a mudança na paisagem, prédios cobrindo os campos de trigos, a mesma periferia em qualquer lugar do mundo. De paletó e chapéu, ciganos entram e saem dos vagões, o som puro do acordeom encobre a sacanagem da letra da canção numa língua que só eles entendem. O casal foge do contato visual para não dar esmola, vai ver nem são ciganos de verdade. Reparam como um deles, o mais alto, é a cara do arqueólogo anglo-polonês.

O bom é que devem ser só mais umas duas paradas para chegar à Glavna Željeznička Stanica, estação central de Sarajevo.

Dá tempo de a passageira voltar ao banheiro e pegar os livros de arqueologia, Ferdynand deve ter esquecido lá. O marido acha melhor deixar no banco do trem, já tem muito peso na bagagem.

MANIFESTAÇÃO

Você aí me desculpe, era para ser um conto, uma linha de fuga para contornar o pátio dos rostos, todos pardos como gatos à noite, os braços balançando como cordas de enforcados depois de levarem os corpos pra qualquer buraco longe daqui.

Desculpe o incômodo, você já foi a um hospício? Sei, não se usa mais este nome, mas é hospício sim, fui lá no século passado, aquele ali pertinho, mal tinha acabado a ditadura.

Ah, esse papo já é pensamento obsessivo. *Obsessões são definidas por (1) e (2): 1. Pensamentos, impulsos ou imagens recorrentes e persistentes que, em algum momento durante a perturbação, são experimentados como intrusivos e indesejados e que, na maioria dos indivíduos, causam acentuada ansiedade ou sofrimento. 2. O indivíduo tenta ignorar ou suprimir tais pensamentos, impulsos ou imagens ou neutralizá-los com algum outro pensamento ou ação. DSM V, 300.3 (F42).*

Era para ser um conto sobre loucura e já estou ouvindo vozes na avenida larga, símbolo da cidade. Não há vozes lá fora, sua louca.

Foram dez tiros. Executaram — realizaram, cumpriram quase uma dezena de trajetos, dois alvos atingidos.

Ninguém está seguro nos dias de hoje. Mas aí já vira paranoia. *DSM V, 301.0 (F60)*.

O Chevrolet Agile branco tinha vidros pretos, como saber quem estava dentro? Olha aqui, pare de me dizer coisas, já me falaram que isso é doença, vão me levar pro hospício, não quero te ouvir mais. Você não tinha nada que contar sobre as nossas conversas, isso é só entre nós.

Luyara viveu 19 anos com a mãe. Marielle teve Luyara aos 19 anos. Marielle tinha 38 anos, Anderson Pedro, 39. Se fico fazendo contas não te escuto, disseram que ouvir vozes é possessão, tem até voz que manda a pessoa matar a outra.

Você acredita em tudo que falam lá fora? É a voz de dentro que importa. Você é que quer me enlouquecer, estão acontecendo coisas estranhas, a culpa não é minha. É. *Transtorno depressivo não especificado. DSM V, 311 (F32.9)*.

Mas foi específico sim. Miraram na Marielle e o Anderson estava na trajetória da bala. Calibre 9. De noite no Estácio, que já foi holly, sagrado. O que é isso? "Solto o ódio, mato o amor/ Holiday eu já não penso mais." Vai ficar cantando como uma louca pra não me escutar? Você sabe que não adianta.

Era pra ser sobre loucura. O quê? Não dá pra ouvir nada aqui dentro, mas tem gente gritando lá fora, tem que ter. Está esperando o quê, vai lá na avenida ver pra crer. Era hoje mesmo, às cinco?

Coloca uma roupa melhor, assim você vai parecer uma louca. Se vestir para quem, vão chamar os mortos? É disso que estou sempre falando, mas você não quer ouvir. Já estou vendo todos eles. Viu, não te disse? Se cuida, se troca. E vaza.

Daqui não saio, não quero ver ninguém. Mais. Sumiram todos. Estão todos lá, vai. Não escutaram nem as testemunhas. Mandaram vazar, tá certo, não perguntaram, não conte.

Também não perguntei nada e não tenho resposta, tá? E agora fica aparecendo este bando de gente, cada um fala uma coisa, está muito barulhento aqui. Você tá ouvindo coisas.

Já vi tudo. E de novo, de novo. Eles vêm pra cima de mim, querem me salvar ou me levar pro hospício, que pra eles dá no mesmo, tô fora. Aqui dentro. Sai daqui, não quero mais ouvir tua voz.

Estou vendo tudo, mas não digo nada, sabe o que fazem com quem fala demais? Colocam dentro de um pneu e tacam fogo. Está muito quente aqui dentro, vou para a avenida, são quase cinco horas. E se chover?

Transtorno psicótico breve. Presença de um (ou mais) dos sintomas a seguir: 1. Delírios. 2. Alucinações. 3. Discurso desorganizado. DSM V, 298.8 (F23).

Se chover vai ser como o rapa, os camelôs vão amarrar as miçangas, colares, porta-incensos, todos os badulaques na canga, como amarram a gente pra colocar na ambulância. Sempre tem alguém vigiando. Não tem ambulância, câmera de vigilância, porra nenhuma, olha lá a paranoia — *DSM V, 301.0 (F60).*

Está muito abafado, se cair um pé d'água vai ser uma rasteira nessa turma toda, não sobra um incenso aceso. Deus desce à Terra como chuva, e as almas sobem ao Céu como fumaça de incenso. Ou de pneu.

Se concentra: nem um pio aqui fora. Podem achar que você veio tumultuar. Não tem categoria para alienação, vão te encaixotar numa neurose ou psicose.

E tacar fogo, é isso?

Especificar se: Com estressor(es) evidente(s): (psicose reativa breve): se os sintomas ocorrem em resposta a eventos que, isoladamente ou em conjunto, seriam notadamente estressantes a quase todos indivíduos daquela cultura em circunstâncias similares. DSM V, 298.8 (F23).

Desculpe o incômodo, é muito louco escrever sob o calor da hora. E nem choveu. Era pra ser um conto sobre loucura. Tô sabendo.

Olha, aqui onde a gente tá não dá pra ouvir nada, não tem caixa de som? Se prestar atenção, vai entender. A gente escuta o que quer.

É você quem está dizendo.

VISTA PARA O MAR

Estou dizendo, estou dizendo.
Começou de novo. Britadeira que chama?
Estão trocando os cabos, enfiando fibras na rua.
Poderia ser pior: bate-estaca do prédio em construção, cada marretada um furo no cérebro.
O quê?
Você nunca me ouve.

Talvez o bate-estaca fosse melhor. Britadeira é aguda demais, sem ordem e lugar; a marreta soca a viga com ritmo. *Staccato*, das oito às cinco.

Com esse barulho não dá para ouvir nada.
Esquece.

Lembrava de tudo. Compraram na planta, para pagar em três mil dias, descontando a entrada, na entrega das chaves.

Você jurou que não colocava aliança no dedo, então resolvido: aqui nossas alianças.

Ele balançou a argola com duas chaves idênticas, dava para ouvir sininhos. E o bate-estaca, enfiando a viga no solo aos socos.

Como aqueles caras que não sabem trepar direito.
Não começa.
Não estou falando de você.

Não deu para ouvir o sininho das chaves jogadas no chão, caíram justo quando a marreta acertou a cabeça da estaca. O corretor se ajoelhou, não podia perder um negócio daqueles, pegou as chaves.

Vocês estão fechando a compra na hora certa, isso aqui vai valorizar muito. Viram o lazer na cobertura?
Continuava de joelhos. Churrasqueira, salão de festas. Piscina.

É só uma raia, uma reguinha de acrílico azul na maquete.
Bem feita a miniatura do prédio, até vasos nas varandas colocaram. Quatro por andar, e tantas janelas.
Tem vista para o mar? Ela olhou séria para o corretor, já de pé, entregando os papéis e as chaves.
Não tem mar nessa cidade. Infelizmente, né? Mas vai ter espaço fitness, esqueceram de colocar na maquete. Academia completa.
Prefiro o mar.
Não está gostando, baby? Ele falou baixinho, a boca raspando na orelha dela.

O corretor estendeu os papéis.
É só rubricar todas as páginas, assinatura completa na

última. Parabéns, vocês fizeram um excelente negócio. Vão ser muito felizes nesse apartamento.

Ela muda, ele conferindo as páginas. Três vezes. Todas rubricadas. Não tem mais volta, baby.

Só não lembrava quando ele começou com essa mania de baby. Foi antes da mudança, muito antes da britadeira.

Vem cá, ouve, parou.
Continua dentro do meu ouvido. Um zumbido.
Você precisa ver isso. Marca um otorrino.
Não é o meu ouvido. Não teve um dia sem obra.
Você está ficando neurótica.
Já faz mais de um, quanto? Dois anos.
Um e meio. Mudamos em janeiro.
Que bom. Em julho podemos fazer um minuto de silêncio em memória dos dois anos em obras.
Mentira. Quando a gente entrou aqui você até reclamou da falta de barulho.
Reclamei?

Verdade, era mentira. Ela passava horas na varanda procurando o barulho do mar.

Passei a maior vergonha com o corretor de imóveis, ele achou que você estava tirando uma com ele ou era louca.
Não era, mas estou ficando, sabe?

Começou onze meses depois da mudança.
A entrada no apê até foi linda, estilo filme. Sem sofá poltrona cadeira mesa estante geladeira fogão máquina de

lavar-secar, parecia maior do que na maquete. As caixas fechadas.

Amanhã a gente arruma, precisa montar a cama, o colchão embalado.
E para de apertar esse plástico-bolha que está me dando aflição.
Chegou a pizza.

Transaram no chão da cozinha, bem clichê, mas um tesão, ela disse. Na hora ele não falou nada, só depois.

Porque não foi você que ficou com as costas naquele chão gelado. Fácil pra quem está por cima, né, baby?
Ué, você adora. Adorava.
Você quer sempre ficar por cima, em tudo.

Ele subiu para a academia da cobertura. As obras começaram no mês seguinte. Coisa pouca, ele jurou. Só virar a entrada do banheiro para o quarto. Suíte.

Dá para colocar uma hidro. Olha essa: banheira de canto, para espaços pequenos.
Prefiro o mar.
Beijo, estou atrasado.

Martelada na parede só depois das nove, regras do condomínio. Ela acordava mais cedo, para lavar a cabeça no banheiro de serviço, antes de os pedreiros chegarem. Aceitam um café? Três meses dormindo na sala. Fazia o café e ia para a varanda, até às cinco, esperando a água cobrir tudo, o prédio, a obra, as marretadas. Adivinhava quando o mar ia subir acompanhando de cima os cachorros na rua

— os animais são os primeiros a fugir quando chega um tsunami, todo mundo sabe disso. Era loucura, sabia, a maré estava vazante e bichos de apartamento perdem o instinto para catástrofes naturais.

Vem cá, a gente precisa conversar.
Ainda não fiz o jantar.
A gente pede uma pizza. Abobrinha.
Sério? Você detesta pizza vegetariana.
É. Esse negócio de você ficar na obra, conversando com os pedreiros. Não é pra dar intimidade pra essa gente, aproveitam qualquer desculpa pra fazer corpo mole.
Param de bater para conversar. Faz ideia do alívio, uns minutinhos sem aquela barulheira?
Faz ideia do que falam de você? A dona doida acha que tem praia nessa cidade.
Problema meu.
Nosso, baby. Sou o marido da doida, lembra? Perco a autoridade.
Vai pedir a pizza? Fala pra não colocarem queijo na abobrinha.

Acordou mais cedo, deixou a térmica na mesa com o açucareiro cheio ao lado, eles gostam mesmo é de tomar açúcar com café. Foi para a varanda antes de os pedreiros chegarem. Lá embaixo, uma zoeira de cachorros. Se vier uma onda enorme, chega fácil ao terceiro andar. Carregava tudo, a bergère-presente-da-sogra, a TV 50 polegadas, ele nem tinha quitado todas as prestações.

Isso aqui virou um cinema, baby. A gente vai economizar nos ingressos.
Trocentos canais e nada pra ver. Só passa filme ruim.

Tá passando campeonato de surf, vem ver a qualidade dessa tela. Parece onda de verdade subindo direto em você.

Às vezes é melhor ser surda.

Foi para a varanda mais cedo, de novo, melhor hora para tomar sol. A cachorrada continuava agitada, precisou se debruçar para ver melhor. O rottweiler tinha ido pra cima da pug, a dona deu chilique, o fortão do rottweiler ia revidar, mas chegaram os deixa-disso. Bem hoje, com o céu seco e essa brisa. Só marola, se parassem de latir poderia boiar até a hora do almoço.

Não vai comer nada mesmo?

Era um peão novo, sobrinho do mestre de obras. Baixo e atarracado como o dono do rottweiler, mas com a pele mais bonita, de quem toma muito sol na vida.

Se quiser, pode tomar banho nesse banheiro.

1,20 m por 1,00 m, a Maxi Ducha pingando na privada, temperatura Verão. Xampu de cabelos ressecados, condicionador, sabonete de glicerina no chão. O biquíni pendurado no registro, sem janela demora muito pra secar.

Quer? Tiro minhas coisas.
Não dá, dona, o patrão disse que vai chegar mais cedo pra fazer os acertos.

Era bom acertar logo, acabar com tudo de uma vez. Antes de ficar surda de verdade.

Está escutando? Está me entendendo? O pedreiro me contou.

Agora você deu pra ouvir o que "essa gente" fala?

Você subiu no banquinho, se debruçou toda na sacada, o pedreiro achou que ia se jogar dali.

Teve uma briga de cachorros. O rottweiler que começou.

Você já tava sem calcinha quando os pedreiros chegaram?

Sei lá.

Ia se jogar? Estava com essa saia curta, de costas pra eles, quando se debruçou?

Como eu vou saber?

Foi só uma semana sem estrondos. Como as pessoas conseguem viver num país em guerra, com todas aquelas bombas, aviões, sirenes? Finalmente passou um filme bom na TV, a dançarina de cabaré encostada embaixo do viaduto da ferroviária. Esperava passar o trem pra berrar. Segunda Guerra.

E você ainda reclama, baby. Aqui, a gente só vive na paz.

Nem tinham inaugurado a hidromassagem.

Estão colocando fibra óptica, vão fazer um predião aqui em frente. Pra gente pode ser bom, baby, quem sabe dá pra trocar por uma internet melhor.

Onde?

Bem ali, no terreno do estacionamento. Só é ruim porque vai tirar toda nossa vista. Fica tranquila: amanhã termina a parte da britadeira. Você prefere bate-estaca, né?

Foi a segunda melhor noite no apartamento. Mordidinha na virilha, espasmo na coxa.

Ele sentiu o gosto de sal. Nem desconfiou.

Acordou no escuro com vontade de descer descalça, para molhar os pés. Ele já tinha saído quando o interfone tocou.

Da Casa André Luiz.
Pode subir.
Vai tudo da varanda?
Deixa só o banquinho.
É pra levar o sofá e as poltronas também? A estante?
É.
A TV fica?
Vai.

Foram embora sem café e sem gorjeta, tinha se esquecido de passar no banco. Deixou a porta da cozinha destrancada, tirou a calcinha, encostou o banquinho na sacada e subiu.

Nem ouviu quando o peão novo entrou. Estava ainda mais queimado de sol e suado.

Desculpa o atraso. Meu tio pegou outra obra, mas dou conta. Qual é o serviço?
Quebra tudo.

DELIVERY
OU A HISTÓRIA QUASE TRISTE DO MALANDRO, SUA MULHER, SEUS LIVROS E UM PEDAÇO DE PIZZA

Malandro bom é malandro vivo. Furado esse papo do charme da malandragem, ter um monte de mulher, vida mansa, *carpe diem*. Estranhou, né, acha que só por ser malandro não pode ser culto. Pois é, tem gente dizendo ter sido esse meu erro. Quem lê demais não tem tempo pra ganhar a vida desonestamente. Sei lá, por um tempo deu certo. Usava umas palavras bonitas, citação (sempre funciona) e comecei a ser chamado pras festas — cota de acadêmicos, toda boa festa tem que ter. Comprei um diploma. Daí pediam para eu dar pitaco em reunião, prestar uma consultoria, essas coisas. Mas não acho que o problema foi muito livro ruim lido porcamente, nem mesmo os melhores, folheados com as piores intenções. Esses só me trouxeram alegrias, cargo de assessor de porra nenhuma, tudo pago por fora, garantia o leitinho das crianças e o champanhe da primeira classe. Nunca viajou numa, né, mas já pode ir levando essa sua inveja pra lá que dá azar. Eu mesmo não acredito nisso, nem na tal sorte do malandro, precisa ralar muito pra enganar todas as pessoas o tempo todo. Essa eu li num livro ruim, tipo autoajuda com lição de moral, usei bastante. Além de fazer sucesso, me dava tesão provocar o público, eu tirando a roupa e eles se achando os pelados, tô enganando todos vocês por um tempão, otários. Minha marcada foi gostar de ter plateia, malandragem é pros bastidores, no palco um dia dá merda. Mas, na real, não foi culpa do teatro nem da literatura. Foi por mulher mesmo, tão lugar-comum, qualquer espectador de telenovela sabe como vai acabar, mas no fundo a gente espera ter um lápis na manga pra driblar o roteiro.

No começo, fiz tudo errado direitinho. Ganhei mulher, casa, comida e roupa lavada, fui relaxando na arte. Achei que estava com a vida ganha, esqueci de ficar com um olho no peixe, outro no gato. No caso, na gata. Desculpe, não resisti à piada. A graça acabou quando ela mesma começou a ler os livros, mulher é foda, vai ligando os pontos, descobriu todos os meus truques. Em casa, eu já não ganhava uma discussão, vinha com minha rasa filosofia alemã e ela tacava uma sacanagem francesa das boas na minha cara, eu sacava umas frases decoradas de um clássico e ela despejava um tratado de sociopolítica inteiro. Uma injustiça, porra, tive que apelar. Só não chamei de malcomida porque não sou besta de sujar meu próprio nome, de resto, usei tudo: chata, neurótica, histérica. No desespero, lembrei até de uma tal inveja do pênis que li não me lembro onde, calculei mal. Esperava ela jogar o *Ulisses* na minha cabeça, daí eu prestava queixa, exame de corpo de delito, saía de vítima, mas não, ela só disse que eu era uma fraude. Pegou pesado. Fraude está no código penal, não posso perder minha primariedade.

Saí de fininho, aceitei todas as condições. Não atraso nenhum mês; me disseram que umas das únicas coisas com prisão certa no Brasil é não pagar pensão. A biblioteca ela deixou quase inteira comigo, mas eu já estava ladeira abaixo, não encontrava a utilidade dos livros, não sabia mais usar resumos para aplicar em novos golpes, comecei a ler só por gosto e não conseguia parar. Estava enlouquecendo, diziam.

Perdi oportunidades, não tinha mais segurança para me dar bem com frases bonitas fora de contexto, e nem ia adiantar, não conseguiria um carguinho comissionado com essas novas regras nem tenho como competir com a nova geração da malandragem tecnológica. Não estudei pra isso, não é meu tipo de leitura — tenho orgulho de ter lido sobre muita coisa, mas tudo tem limite.

Pior é ter gastado o dinheiro que não tinha com mais livros, viciei na leitura. E tem a pensão todo mês, a filha da puta não abre mão. O jeito foi comprar essa moto, dá pra tirar algum no rappi ou uber eats. Cheguei no fundo do poço: malandro trabalhador, pior só os com carteira assinada e vale-transporte, mas isso ninguém mais tem mesmo. Pra pagar tudo e ainda as parcelas da moto, estou rodando umas doze horas sem parar, em dias como o de hoje nem dá pra comer. Não conto essa história toda pra qualquer um, mas o senhor é diferente, tá na cara, com essa estante linda é um amante de livros como eu, um dos poucos capazes de me entender. Com certeza vai me desculpar por eu ter comido um pedaço da sua pizza antes de entregar.

ROUBADAS

As meias-calças eram as mais rodadas. Tiradas de uma loja da área nobre da cidade, valeram toda a dor de barriga na hora de enfiar a peça na bolsa, antes de a vendedora voltar com outras opções de cores. Karen fez cara de indecisão, voltaria depois. Subiu a ladeira de vitrines numa puxada até a Paulista, para comemorar sua primeira vitória na luta de classes. Vestia em casa, para dançar sozinha, noite após noite — Karen passava base de unhas para as rendas pretas não desfiarem.

Com a saia foi mais fácil. Podia usar na firma ou em qualquer ocasião, menos quando voltava à zona comercial onde tinha retirado a peça; na mesma região conseguiu a pulseira e a gargantilha. Lingerie nunca preocupava: não aparece na rua, só dá bandeira na escalada de sedução antes das trepadas, depois ninguém se lembra que estava ali. Só Karen não esquecia, era outra conquista, furtada na mesma quadra da loja de meias de seda importadas. De qualquer maneira, ela não trepava fazia tempo, nem precisava de grandes lingeries. Levou só por mania.

As sapatilhas vermelhas foram a apropriação mais difícil, a única na área onde morava. Bem na rota entre sua casa e a firma, a dona da loja podia estar na porta quando

Karen passasse. Assim, as sapatilhas continuavam intactas na estante da sua casa, entre as revistas de moda, a Enciclopédia Barsa (completa) herdada da mãe e a coleção de bonecas de porcelana e xícaras pintadas à mão.

Lembrava a manobra arriscada de roubar na própria vizinhança, buscava a mesma coragem para calçar a mercadoria. Teria de se programar. Pediu folga logo na sexta-feira. A colega de baia estranhou. Karen evitava sair quando a semana útil terminava, preferia ficar em casa. A amiga aconselhou não usar peça vermelha na sexta (coisa da umbanda). Era provocação, na firma Karen tinha a má fama de certinha, nunca iria usar uma coisa dessas.

Sacanagem, Karen era cheia de superstições. Além da história da umbanda, tinha aquela da menina condenada a uma dança eterna por calçar sapatilhas vermelhas, sem pausa para comer, mijar, dormir, sem escolher as direções para andar, arrastada pelas sapatilhas. Só amputando as pernas acabou com a maldição. Muita raiva da menina da fábula se chamar Karen. Deixou de ir às festas da escola — se você começa a dançar não vai parar mais nunca, diziam as colegas, vamos ter que cortar suas pernas.

A previsão era manhã sem nuvens, pancadas de chuva à tarde. Antes da hora razoável de acordar, Karen já estava pronta, saia vermelha, camisa preta. Na sacola de feira, colocou as sapatilhas, uma banana e uma malha, se esfriasse. Saiu virando esquinas até encontrar uma posição segura para trocar as havaianas pelas sapatilhas. Continuou andando em direção oposta à da loja, mas parecia sempre perto demais. Alargou passadas pra pular a avenida, fronteira entre as suas ruas (da dona da loja também) e as calçadas da parte mais suja da cidade (a sua também era, mas nem tanto).

Então era dali que vinha a mãe pedinte. Toda tarde ela cruzava a avenida com a filharada pra pedir esmolas na padaria da rua de Karen — às vezes, ela dava, apesar das lições decoradas sobre lutas de classe etc. Quase não a reconhece sem as crianças, com uma roupa melhorzinha, bebendo cerveja. Àquela hora. Aceita? A pedinte com a mão esticada, balançando a garrafa na fuça de Karen, não tinha como recusar. Pagava a próxima. Na terceira, Karen se desculpa. Precisava seguir.

Três cervejas é uma quantidade relativa, depende da comida na barriga, das horas dormidas e da atividade de certas zonas cerebrais. Karen não estava cruzando as pernas, ainda, mas as sapatilhas vermelhas desviavam de qualquer reta por vontade própria, a mendiga da padaria só rindo. Virou na primeira esquina para sumir de vista.

Ainda estava próxima de suas ruas quase limpas, era só cruzar a avenida de volta. Podia entrar à esquerda, refazer a caminhada de trás pra frente. Se tivesse migalhas, marcaria a rota. Bobagem.

A rua à esquerda não era mais suja nem mais limpa, mas escurecida pela ausência de árvores, só portinhas abertas vendendo cerveja, apinhadas de gente. Faltava a galinha preta. Muita raiva lembrar da colega macumbeira, as sapatilhas mais ligeirinhas provocando bolhas, desviando para a travessa da direita — vazia de gente, àquela hora. Pelo menos uma cadela sujinha e grades em frente às portas — casas habitadas precisam de proteção. Karen entraria numa delas para uma aguinha, broinha, conversinha, qualquer forma quentinha de vida. Não sabia onde estava.

A cavala surgiu de repente — ou Karen não tinha prestado atenção. A carroça quase vazia, não tinha caçambas na rua, a sujeira ali não era reciclável. Em outras freguesias, seria uma pilha de caixas e garrafas vazias para serem vendidas por quase nada, mas sempre é alguma coisa. Em dias de muita sorte, até uma TV quebrada deixada na rua, já tinha visto numa dessas carroças puxadas por mãos humanas.

Nunca tinha visto uma puxada por mulher. Karen espia a carga, uma caixa vazia, alguma papelada, a cadela-bebê encolhida na manta cinza. Mesmo com pouca coleta a carroça pesa, a mulher-cavala puxa devagar. Karen puxa conversa. Você consegue grana trabalhando por aqui?

A boca da cavala cresce na gargalhada. Karen acompanha as manobras semidelicadas para entrar em vielas, as unhas vermelhas da carroceira, as ruas com suas teias de fiação quase à altura das portas trancadas.

As nuvens incham e a mulher-cavala gira a carroça para entrar numa rua mais larga. Funilaria, birosca, loja, ainda bem: antes da chuva Karen entra na R$ 1,99.

Disfarça, mancando um pouco ao redor das prateleiras. Xícaras, panelas, tampas avulsas, bacias, toalhas, balas, bolacha recheada, blusas, saias, bonecas. Sombrinha florida cor de laranja. Abre a sacola devagar, a balconista na cola, vai levar? Só olhando. A chuva parou.

Lá fora, nem sombra da carroceira. Arrasta as sapatilhas na calçada molhada por mais três ou quatro quadras. Melhor à esquerda, mas vira à direita, sempre troca as mãos das ruas, tanto faz. Mais uma dúzia de quadras e já dá pra tirar a bolacha recheada da sacola, as migalhas caindo na trilha, mas não vai voltar pra trás, a balconista era desconfiada.

Não sabe de onde vem a Ave-Maria, não vê igreja. Só a sequência de paredes desbotadas, portas e janelas gradeadas. As solas úmidas. Não vai aparecer ninguém. Se tivesse perguntado como a cavala se chamava, poderia gritar.

As migalhas da bolacha desapareceram. Segue as sapatilhas vermelhas cruzando todas as esquinas sem olhar, desvia das ruas sem saída. Àquela hora, não parava nem se lhe cortassem as pernas.

Reconhece a rua, a lojinha R$ 1,99 já fechada, as luzes da birosca acesas. Deve ter sido quando começou a repetir sozinha a Ave-Maria. Pede à santa pra passar de boa em frente à turma na calçada. Com a cabeça baixa, mal percebe a mulher se aproximando.

De cara com a mãe pedinte da padaria acenando a garrafa. Não dava pra recusar. Pagava a próxima etc. Bebe sozinha: começou a música, a mendiga foi dançar no meio da rua.

Terceira cerveja. Não é a Xirley, da Gaby Amarantos? Karen sabe a letra. A próxima mais gelada, põe na conta. Tantas bolhas, poderia colocar as havaianas. E cadê sacola, só faltava alguém ter levado. Foda-se. É a luta de classes. Vai dançar com as sapatilhas apertadas, e daí? Ela e a mendiga dentro da roda formada pela turma da birosca.

Elas rodam, Gaby emenda uma canção na outra. Ela Tá Beba Doida, Chuva, Tô Solteira, essa é antiga. Pernas bambas de tanto andar, Karen agarrada na nuca da mendiga pra não cair. Termina a música e elas continuam se beijando. De língua.

UBER

Renê. Tem que ser nome completo. Renê Vieira. Renê apelido não rola. Renê é nome! Francês com acento errado kkkkk. Ok vem amanhã pra entrevista.

Lotação máxima: 24 pessoas ou 1.680 quilos. Sobe na próxima. Pela escada, são catorze andares, não ia descer do salto. O scarpin valorizava as pernas, a bunda dura, zero celulite, saia-lápis é pra quem pode. Se o pai tivesse visto saindo com essa roupa matava.

Na sala de espera, todo mundo, quem ainda procurava emprego e quem tinha (antes) desistido de procurar — saíram das últimas estatísticas diretamente para a nova oportunidade. Voltou a esperança? Não custa tentar, no mínimo. No máximo, perdia umas boas corridas, se passar das 13h não pegava mais os passageiros saindo da escola. Para eles, dizia que estava fazendo faculdade, o uber era só um extra, gostava de ter seu próprio dinheiro. Eles ignoravam, preferiam o cartão de crédito do pai.

O seu não tinha cartão, era o que achava. Quando o pai sumiu, pensou que era por sua causa, a mãe deixou pensar o que quisesse. Antes só. Quero minha independência, imagina. Quando tingi o cabelo passei uma semana usando boné. Coisa ridícula, berrou, arrancou o disfarce e me deu um tapa na cara, imagina. Ei, prestenção, o sinal fechou! Tirou carta por telefone? kkk. Falavam pelas suas costas. Os garotos nunca se sentavam na frente. As garotas também não.

Na escola, também pararam de sentar ao seu lado. Foi mais ou menos na oitava série. Ou no primeiro ano do curso técnico, o pior da vida. O ano em que não gritou, para não piorar as coisas. Na saída da aula, eram três. Ou quatro. O mais bonito da sala, quem não ia se apaixonar? Confiou, o amor pode tudo. Eles puderam fazer tudo, aqueles três ou quatro. Até uns tapas naquela cara em que só o pai botava a mão. Pra aprender, se abrir a boca vai ser pior.

Você chegou ao seu destino. Pagaram em dinheiro. Meu pai disse que bloqueia o cartão se eu continuar usando tanto uber. kkk. Não tenho troco. Fica, caixinha.

Dava para pagar uma comida na rua, esperar a hora dos boys voltarem dos bares. Trabalhar à noite é maravilha, muita chamada e pouco trânsito. Só a mãe botava terror, um perigo ficar na rua a essa hora, vai saber que espécie de gente você põe dentro do carro. Bobagem, soube de uma pessoa que encontrou o amor da vida no uber. Era passageiro.

Melhor mesmo não voltar para casa, comer fora de vez em quando faz bem. Um café e uma quichê, inventou um sotaque francês como seu nome, para provocar o garçom novinho, um olho na bandeja, outro escaneando de cima a baixo: os cabelos com a tintura chocolate-acobreado, o botão da blusa aberto assim que saiu da entrevista, a saia ajustada na barriga chapada, a batata da perna empurrada pra cima pelo salto do scarpin. Nunca se vestia assim para dirigir, tinha vindo de uma entrevista de emprego. Boa sorte. O garçom meio bobo sabia ser fofo.

Infelizmente, não era o perfil que a empresa procurava. Pelo menos era sexta-feira, cheio de gente indo e vindo das baladas, pronta para embarcar no uber. Só gente de bem, imagina, nem pegam o carro quando vão beber. Era a mãe que via perigo em tudo, colecionava tragédias pra contar com todos os detalhes. O pai cortava na hora, velha chata, quer me enlouquecer. Vai ver era por isso que tinha sumido.

Mais um café, não, capuchino. Com a colher, desmanchou devagar o coração de espuma de leite, adoçou demais. Um coração espumoso bem hoje, significa? Não precisa do troco, fica de caixinha. O garçom agradecido despediu-se escaneando toda a parte traseira, acompanhando a cadência dos saltos altos.

Dava tempo de fumar um cigarrinho antes de entrar no carro. Já tinha diminuído para meio maço por dia, uma hora largava de vez só para não ouvir a mãe — câncer de pulmão, de garganta, uma morte horrível, seu pai vai ter isso, o desgraçado.

Soltou devagar a última nuvem de fumaça e viu uma sombra raspar o céu já escuro. Não sabia que urubu também voava em bairro de luxo. No seu voavam, mas só quando a mãe estava muito preocupada. O pai assustava: passou um urubu, mau sinal. Bobagem. E talvez a sombra nem fosse um urubu, melhor entrar no carro. O aplicativo chamava para uma corrida, só podia ser bom sinal. Um coração no cappuccino.

Ricardo? Ah, sim, sou eu, é que me chamam Rica, você parou para o cara certo. Renê? A risada era honesta, apesar da roupa falsa. O que um cara de camisa de lenhador vai fazer num bar de playboy? Sentou no banco da frente.

Sinal amarelo. Rica fazia administração, queria ter seu próprio negócio, não depender de patrão. Pior que depender do pai. Será? Nunca tinha apanhado, muito menos tapa na cara. Isso não se faz, ainda mais neste rostinho. Sinal vermelho.

Renê apertou o câmbio, em ponto-morto. Estraga o carro, sabia? Rica prestava atenção, escutava, vai ver queria descobrir mais coisas pra dar o bote. Perguntava. Apanhava do pai, sim, mas ele sumiu faz tempo, é passado, ninguém quer saber dessas coisas. Rica queria. Sinal verde.

É um nome bonito, Renê. Francês, mas na certidão escreveram errado, é ê com acento agudo. Na França. A voz desafinou, a mão esmagou o câmbio, quase deu ré. Cafona demais o detalhe linguístico, vergonha.

Com é ou ê fica bonito do mesmo jeito. Rica era rápido, cafonice com cafonice se paga. Sinal vermelho. Não freia, ninguém para em sinal esta hora da noite, um perigo. As janelas fechadas, uma linha infinita no mapa do waze, como Rica podia morar tão longe?

Primeira, segunda, terceira, quarta, dava até para engatar a quinta marcha nas ruas tão vazias. Bom é dirigir à noite, sem trânsito, furar os sinais vermelhos, xô urubu. Com dois dedos Rica enrolava os fios recém-tingidos de chocolate-acobreado, a ponta do indicador espalhando toques mínimos na nuca de Renê. Não acelerava nem avançava. Que espécie de gente encontra o amor no uber? Só uma encostadinha, precisava comprar cigarro, voltava num minuto. Não vai fugir, bebê. Renê.

As coxas e o peito apertados no cinto de segurança, vidros selados no insulfilm, dava pra acelerar e sumir, recalcular a rota, enlouquecer o waze. A mão acariciava a cabeça do câmbio. Ponto-morto, olho no retrovisor. São três saindo do bar. Ou quatro.

Passaram direto. As pernas espremeram a gota de mijo, deveria ter ido com Rica, tem banheiro? É só um minuto. Nova chamada, passageiro a quatro quilômetros. Recusar. Melhor ligar o pisca-alerta, Rica encosta na porta, a rua vazia. Não é perigoso? Só mais dois minutinhos, pra acabar o cigarro, não vou fumar no seu carro, imagina. Entrou cheirando a alcatrão. Renê daria tudo por uma tragada, nem esperou ele colocar o cinto, girou a chave e espremeu o acelerador. Afogou. Calma, é só desligar e esperar um pouco, vai dar tudo certo. A mão deslizou do cocuruto até as pontas dos cabelos (já era hora de cortar, estavam muito compridos). Parou na altura do ombro, não vou te obrigar a fazer nada que você não queira — Rica imaginou um sorriso na boca fechada de Renê, enfiou a mão na camisa, o enchimento do sutiã disfarçando os peitos pequenos, os bicos endurecidos apontados para frente. A língua na orelha, na boca, mais um botão aberto, a barba arranhando os peitinhos, os dedos brigando com o zíper embutido, é impossível abrir esse troço. Rota recalculada, ela alisou a saia até os joelhos, dois palmos acima, é chique, as pernas travadas no cinto de segurança, apertando o pau de Renê. Bem duro. Os dedos de Rica forçaram por baixo do forro, desgrudando o tecido sintético da pele, sem acelerar.

O QUE FAZER EM ESTRASBURGO

Desde a chegada em Berlim, Leila esperava convite para uma grande balada. Agora, o alemão de óculos que talvez fosse seu namorado vinha com essa rave em outro país, quase sete horas de viagem, mais de cem euros o bilhete. 1518, o nome da festa.

O trem sai às 13h46 da Hauptbahnnhof. Para na estação central de Hannover e Karlsruhe e chega às 20h13 em Estrasburgo, França. O sistema ferroviário alemão é famoso por sua pontualidade, podiam descansar antes da festa. Abre às onze e meia, mas raves nunca começam antes da meia-noite. Pelo nome, essa tinha começado há quinhentos anos. Nesse tempo, Estrasburgo ainda era alemã, só virou francesa no século 17.

Continua meia germânica, muito eurocêntrica, meio careta, mas o talvez namorado garantia um programa nível Berlim, uma rave com esse nome promete.

1518, verão, o junho mais quente. Frau Troffea sufocava ao vestir o corpete sobre a camisa branca, um camisolão enfiado na saia longa. Com tanto pano sobre o corpo, parecia mais gorda naquele ano de fome. Amarrou o avental branco, o laço sobre a anca esquerda, o lado das casadas. Todas as suas conhecidas de Estrasburgo usavam avental branco, só mudavam a posição do laço: à direita, para as solteiras; na frente, para as indecisas. Muito decidida, Troffea enfiou os dentes no resto de pão, ignorando o perigo da comida embolorada, amarrou o lenço na cabeça e tomou o rumo da praça. Começou a dançar já na rua Kinderspiel, um leve bamboleio. Não foi muito notada, ainda era a hora de cada um cuidar de sua vida, barganhar a comida do dia, tirar o marido bêbado da frente de casa, chorar um natimorto. Perto da praça, alguns desocupados aplaudiram a dança sem música, Frau Troffea aumentou o ritmo.

O trem desacelera, estamos quase na estação de Hannover, o alemão de óculos avisa Leila. Dá pra comprar as cervejas antes de trocarem de trem. Na plataforma, Leila balança o corpo, a música no bluetooth, ninguém ouve. Meine Troffea, ele ri, talvez assumindo o namoro, mas ela não escuta por causa do fone.

Primeiro mandaram as crianças. Bom que dançassem com Troffea, assim paravam de amolar e pedir mais pão. As mães se juntaram aos vagabundos para aplaudir a dançarina. Aos pulos dos meninos ao seu redor, Troffea acelera os passos em direção ao Reno, as mães se juntam ao cortejo, no ritmo da dança sem música. O leiteiro também. Não tinha para quem vender seu leite azedo e queria impressionar a mãe do pequeno Jacob — sem que ela percebesse, o laço de seu avental tinha escorregado para a frente da barriga. Palmas, assobios. Quase à beira do rio, juntaram-se os desocupados e alguns camponeses fartos da seca daquele ano. Dançaram até o meio-dia e a meia-noite e quando voltou o sol e depois.

Tinham mais tempo na conexão em Karlsruhe. Vinte e três minutos e quatro cervejas para Leila ouvir mais histórias da epidemia de dança em Estrasburgo. No trem, sonhou com um bloquinho de carnaval ao som do Kraftwerk. As mulheres com lenço na cabeça, os homens sem chapéu, as crianças ninguém mais via entre os estrasburguenses, mais de cem, dançando atrás de Troffea. No terceiro dia, o burgomestre convocou o conselho municipal para tomar providências. Levantaram um palco no mercado de grãos, chamaram tocadores de tambor e gaita e levaram os dançarinos para lá. Quando desmaiavam, eram colocados num carrinho de mão e despejados no pátio da igreja, para morrer em paz.

Leila acorda com o safanão do namorado, 20h14, um minuto depois do horário previsto. No pico do verão, têm ainda mais uma hora de sol, pelo menos, podem andar até a praça Gutenberg. Atravessam o Reno, as Audi e BMW na ponte, os casarões em enxaimel e os edifícios afrancesados contornando o chão de pedras da praça. Leila não ama praças sem grama, mas gosta do carrossel. O namorado prefere se deitar na base da estátua do grande tipógrafo e sonhar bíblias, jardins de delícias e juízos finais, depois de negociar um pouco de haxixe com o argelino.

Nem todos morriam, e os mortos eram substituídos por novos bailarinos dos burgos e vilarejos vizinhos. Surgiam do nada e se espalhavam como os fungos alucinógenos do bolor do pão. Nau de insensatos, proclamou Sebastian Brant, o burguês mais influente de Estrasburgo, e o burgomestre reviu a estratégia — imaginara que a loucura seria drenada com o suor da dança e os sobreviventes, se houvesse, sairiam curados.

Não rolou a negociação e o namorado de Leila ficou sem haxixe e sem dinheiro. Se não pintasse carona, iam a pé para a rave, o sítio ficava a uns dez km do centro. Deixa de ser mole, o namorado quase grita, os pés de Leila ardendo. Na entrada do sítio, ela tira os tênis.

Gaitas e tambores dispensados, o burgomestre tentou enfileirar os dançarinos. Com reforço de alguns homens de

Brant e soldados, pressionou os insensatos para fora do palco, mas as piruetas aumentaram quando o comerciante leu o decreto proibindo qualquer dança, rodopio, requebrado, sapateado e afins nas ruas de Estrasburgo. Alguns foram dançar em suas casas, mas era impossível conter todos, dispersos pelas ruas e vielas da cidade, dançando sozinhos ou em grupos de três ou quatro. Frau Troffea sempre estava em algum desses grupos, às vezes em vários ao mesmo tempo, os soldados nunca iriam encontrá-la.

Leila desencontra do namorado em menos de meia-hora. Cata a cerveja, enfia o celular na calcinha e vai dançar no meio dos fritos da technoparty 1518. Não se cansa, mas precisa procurar um banheiro, urgente. Passa por pernas, braços levantados, cabeças balançando, o quiosque das cervejas, árvores baixas, a grama gelada, a massa da pista se desfazendo em pequenos grupos, o povo distribuindo metilenodioximetanfetamina e o namorado lá, sem dinheiro, tentando conseguir uma lasquinha da droga do amor. Leila mija no meio das árvores mesmo, pra voltar logo pra pista. O namorado vai atrás.

A cantoria começou quando os soldados e os empregados de Brant conseguiram juntar os dançarinos na gruta de São Vito. Os corpos rápidos desobedeciam o ritmo dos cânticos, mas o sacerdote não desistiu, o coro da igreja seguiria com o cantochão até o fim do mundo ou a salvação dos doentes, o que viesse primeiro. Cantaram e rezaram, imóveis como as árvores plantadas na terra do santuário, barro e sangue, os pedregulhos grudados nos pés descalços. Matinas, Laudes, Vésperas, Completas. Um noviço suado tremeu a voz, tomou fôlego e cochichou para o líder do coro. Os corpos sem rumo formaram uma grande roda; antes de recomeçar o canto das Vésperas, já circulavam em volta do santo de madeira, ralentados. Em menos de dois dias, os ainda vivos estavam tão rígidos quanto os mortos.

Silêncio e penitência para todo estrasburguense, os selos do bispo e do burgomestre no decreto. Estátua, Brant gritou, os dançarinos congelaram na terra e no ar, na ponta de um pé, pernas tortas, pescoço quebrado, ombros deslocados. Ao empurrar o último cadáver, o soldado virou a cabeça e viu Troffea sair da gruta para dançar com São Vito.

Leila nunca tinha visto o alemão dançar assim. Dedos, línguas e membros tremendo e socando dentro dela. Atrás do quiosque das cervejas, ele cheio de tesão, a ereção incompleta por causa da droga do amor. Ela pediu pro namorado usar a boca.

SERVIÇO DE PROTEÇÃO AOS ANIMAIS

Malhada, nervosa e no cio. Eu mereço.

Vida inteira livre, pegando qualquer gato, saindo de noite sem hora pra voltar e agora prisão. Domiciliar.

Veja bem, aqui é simples, mas é limpinho, o cheiro é da gata, no cio elas mijam pra atrair os machos. O domicílio é meu, a bichana tá só de passagem. Quando o dono voltar leva embora.

Têm domicílio?

Não, moram numa casa mesmo, no meio do mato — mas também dá pra ver o mar, acho. Fica tudo destrancado, as janelas abertas, quando venta é um pó só. Eu que não queria varrer tudo aquilo, é acabar o serviço pra começar de novo. Sabe como é: poeira, vento e ainda deve ter a areia do mar. Aqui precisa fechar tudo, não tem tela de proteção, imagina se a gata se joga. É limpinha, mas, também, o dia inteiro com a janela fechada, fica esse cheiro de foda aprisionada. Desculpe, coito, claro, felinos não fodem. Onde o senhor aprendeu tanta coisa sobre o comportamento animal?

Estro — é o nome técnico.

Primeiro ficam dengosas, tem gente que até acha bonitinho, mas não aguenta quando começam a se esfregar no chão, escancarar os dentes e o sexo — o termo correto não sei, estou falando da xereca da gata, fica toda inchada no cio.

Estro.

Isso. O pior são os miados. Berram como um bebê morto de fome, principalmente à noite.

Por que não foi castrada?

Não é minha, depois da viagem o dono pega de volta, só vai passar uns dias aqui. E umas noites.

A vizinha chamou a polícia, suspeita de violência contra criança, pelos gritos. E não é só de noite, o dia inteiro essa gritaria. Onde já se viu deixar o bicho sozinho trancado em casa?

Faço o quê, levo pro trabalho, deixo a janela aberta pra ela pular?

Monstra.

Tá com pena, leva pra casa. Pra sua.

Irresponsável, adota um animal pra depois abandonar, acha que é brinquedo.

Tem nada de adotado aqui. Tá tudo sob controle, não vou sair castrando ninguém. Vai passar.

O cio é mais frequente a partir do início da primavera e nas gatas de pelo curto. Dura entre cinco e vinte dias; na presença de gatos machos se prolonga.

Gata mia. E essa aqui não sabe o que é viver em apartamento, pagar esse absurdo de condomínio só pra ter um pouco de sossego quando a gente chega em casa. Não tá nem aí.

O síndico vai fazer denúncia de maus-tratos a animais. Vai ter multa no próximo boleto.

"Como se livrar de uma gata no cio"
Refinar a busca: gatos + se livrar. Formas: não dar co-

mida; borrifar spray para repelir gatos (*cat repellent*); plantar pés de arruda, poejo, tomilho e lavanda (também ajuda a dormir). Levar para um abrigo de animais, melhor resposta.

Só porque você não sabe quantos gatas e gatos estão abrigados, além dos cachorros, esperando uma família. Ninguém vai querer adotar uma gata velha.
Não é velha, é vivida. Está no cio.
Não castrou?
Não é minha, já expliquei mil vezes, o dono viajou e nunca mais voltou. Ela mia como uma louca, não dou mais conta das multas, vão me despejar.
As ONGs de proteção aos animais estão alertando para o número de gatos abandonados nas ruas e a superlotação dos abrigos, não leu isso? Se adotou, é para assumir a responsabilidade. E castra que dói menos. Boa tarde.
Quer saber? Está sobrando gato por aí, vou deixar essa gata foder gostoso.

LAVANDERIA

Faltava uma vara no varal e aquela roupa toda para estender. A calça, o preto já ruço de tanto lavar, se tivesse botado na máquina sempre do avesso conservava cor. As roupas desbotavam com o tempo, tinha dito. Desbotou tudo.

Não era preta. Azul-marinho? Não importa, precisava jantar, estava comendo mal pra caralho há três dias. Ou mais. E a lista do super? Já devia estar fechado, mas tinha o vintequatro horas — que fechava às onze. Tudo enganação, mas estavam certos, nada pode ficar aberto indefinidamente. Deveria ter alguma comida saudável no suposto 24h.

Foi o que supus.

Larguei a roupa sem pendurar, derretendo em cima do tampo da máquina, como aquelas montanhas dos Alpes que tomavam a tela quando eu ligava o computador. Que tal esta? O google, o windows ou sei lá quem sempre me perguntava, nunca respondia. Imagina, eles guardam tudo, coisa horrível essa máquina de lembrar quem você foi ou tentou ser, tim-tim por tim-tim, para todo o sempre. A gente nunca deveria recordar tudo. A gente não sei, mas eu não. Até a calça preta-azul-marinho, pra quê?

Pra não deixar escapar nada. Se não conseguia esquecer os detalhes, era melhor juntar as peças soltas. Estendi um fio e prendi cada uma com pregador de roupa, formando uma sequência lógica: primeiro as peças claras, depois as desbotadas, as escuras, as pequenas, meia, sutiã e cueca nos cantos. Ou era junto com as roupas das crianças? Nem tinha pendurado as roupas, era só aquela montanha meio colorida derretendo sob o sol dos Alpes.

As roupas voltaram em preto e branco, uma pena — as minhas sempre foram as mais berrantes. Cafonas como a cena alpina. A gente nunca tinha ido pra Suíça ou pra Áustria, inventei uma mistura de Campos do Jordão, bem óbvio, com São Francisco Xavier, que é mais *cool*. Um lugar que poderia ir sempre, e fui muito. Não era o melhor lugar do mundo, mas parecia ter começo, meio e fim. Era mentira, uma dessas roupinhas comuns da memória. Só revivia coisas banais, mesmo as que nunca existiram. Voltar lá, pra quê?

Além de tudo, nada era tão bucólico como poderia parecer. A neve da montanha não estava derretendo por causa da primavera-verão. Era o aquecimento global. Foi como tudo começou e poderia ser um alívio ter reencontrado o início do fio. Não nesse caso. Aquela outra vez que a máquina de lavar quebrou foi um inferno, um botando a culpa no outro. As roupas se amontanhando na área de serviço não derretiam como neve. Fediam.

Não foi a primeira vez. E talvez nem tenha sido a mais grave. Nem me lembro por que começou. O aquecimento global não existe, ele disse, ou algo assim. Deve ter sido uma frase supostamente mais sofisticada, envolvendo viés ideológico, conspiração, interesses escusos. Era sempre mais ou menos a mesma argumentação. Houve coisas piores. Tudo muito banal — os perigos da vacina, os políticos, a guerra cultural — repetido com roupas ligeiramente diferentes, um colarzinho novo aqui, um lencinho antigo acolá, pra parecer original. Eu terminava voltando para aquele lugar nos Alpes, uma noviça rebelde fugindo com a família Von Trapp, cantando "sol, lá, si, dó" na montanha ensolarada enquanto os nazistas dizimavam meio mundo. Meio vergonhoso esse truque de uma lembrança boba que nem é sua. Preferiria não voltar lá, mas a gente sempre volta quando não encontra o fio do incômodo.

Naquele dia, não sei nem quero saber, foi a porra do aquecimento global, e deve ter tido mais palavras. Reconstituir pra quê? Pode até ter sido a pilha de roupas escorrendo, ou porque estava muito quente na lavanderia. Quem sabe a fome, o medo de o falso mercado 24h fechar, do mundo acabar. E a vontade de esquecer. Larguei tudo e fui, só isso.

Não sabia de chave, de nada. Até agora não me vejo trancando a porta. Você deixou o cônjuge e três menores em cativeiro, sem comida e sem meios de sair, o juiz disse. Não é verdade. Tinha umas porcarias pra eles comerem, uns salgadinhos, até uma caixa de Bis. E o celular pra chamar o chaveiro. Paguei o serviço, mas perdi a guarda das crianças. Se me recordo bem, prometi nunca mais trancar as pessoas. Não vale a pena: se a gente as deixa trancadas, não vão embora.

VISITA GUIADA

Acontece que esses lugares saíram de moda muito antes da recessão, hoje a venda de ingressos mal dá para alimentar os moradores. É muita comida para dar conta de todo mundo. O problema nem é a gente, pouca, mas é só pensar na quantidade de carne para alimentar um leão por dia.

Diana visualiza o felino sem tirar os olhos do canário. Não consegue imaginar motivo pra funcionário de zoológico ter passarinho na gaiola.

A casa geminada fica perto da avenida, mais ou menos de frente para a área das seriemas e da zebra de Grevy. É um equídeo especial. Pronto, começou, Victor e sua mania de se mostrar especialista. Quênia, Etiópia, espécie em extinção. Diana pesca palavras enquanto tenta decifrar os tipos de planta na estampa da toalha de plástico.

As riscas pretas da Grevy são mais estreitas e as ancas arredondadas como as de uma mulher. Victor fala ancas, tem esse cê no meio do nome e não azara, flerta calculando o risco. Genial essa ideia de convidar Diana para visitar o zoológico numa quarta-feira, depois da crise só abrem para o público aos sábados e domingos.

No meio da semana, nem o vizinho aparece, fica de segunda a sexta no sítio do sogro. A mulher do vizinho voltou a morar com os pais por não aguentar o barulho da avenida Miguel Stéfano e, cá entre nós, detestar animais. Nunca quis cachorro, gato, nem um passarinho em casa, e é muita séria. Deve detestar as Grevys, todas saidinhas. Encontram uns garanhões fáceis entre os arbustos das savanas baixas e vão logo se juntando, até acabar o pasto. Daí é cada uma pro seu lado, formam novos casais encostadas nos paredões de pedra e logo escapam com os machos para se molhar nas terras altas, misturar suas listras com samambaias-incenso, pisotear folhas de mirra e pompons amarelos de acácias. As flores na toalha são uma espécie de acácia com perfume de botequim.

Na fileira de casas geminadas todas as janelas estão fechadas, até as do Victor, por causa do trânsito na Miguel Stéfano. Com a crise, a maioria ficou vazia. Na última demissão só sobrou uma meia dúzia de funcionários, fora Victor e o vizinho, os dois com estabilidade garantida por tempo de serviço.

Limpeza de jaulas não está lá essas coisas, só três vezes por semana. Há tempos não podam as plantas; com grama mais selvagem os animais se sentem em casa e as parasitas deixam as árvores da entrada compactas, uma barreira para o monóxido de carbono da avenida. A parte mais pesada, alimentar os bichos, é dos terceirizados. Victor não confia muito neles, vai sempre supervisionar o almoço animal, mas hoje espera a saída da turma da alimentação. Demais essa sua ideia, só ele e Diana entre os bichos.

Ela atravessa a avenida sem olhar para os lados. Fora da faixa de pedestres, leva um "quer morrer, filha da puta?!" gritado da janela de um carro caindo aos pedaços. Victor odeia palavrão e carro velho, só recupera o controle ao fechar o portão por dentro, é dos poucos funcionários que têm a chave do cadeado. Ainda não enferrujou.

Para passar a raiva, acompanha com a respiração o rebolado dos gansos do Egito, dos gansos indianos e os da Gâmbia. Victor parece funcionário de alfândega, sabe o país de origem de cada um. Para Diana é tudo ganso e pato ou marreco, até galinha — colocar galinha em zoológico não dá para entender. Contornam a água lenta do lago, as seriemas encaram com a crista empinada, só rindo dos dois humanos.

Djidade, a zebra de Grevy, empacada bem longe da cerca, não dá a mínima, nem se vira. Seu espaço no zoo não é nenhuma savana, mas é largo, com uma cocheira no fundo. De lá não sai, esconde com o corpo listrado a filha recém-nascida. Essa história que selvagens não se reproduzem em cativeiro é preconceito contra zoológico, lá vai o Victor defender seu trabalho. Já está meio chato ficar lá sem interagir, ele vidrado na bunda da zebra, muito mais redonda e dura que a da Diana. Ela se afasta, num microrrebolado. Ele a trouxe ali pra quê? Mal olha para Diana. Ela poderia sumir.

Melhor ir para os macacos, eles são óbvios, nunca decepcionam. Somem também, sobram as árvores, cipós balançando no lugar dos rabos. Victor assobia com os dentes arreganhados e os primatas voltam, um circo ensaiado para a plateia. Nas ilhazinhas plantadas na beira do lago, uns fingem brigar, o de cócoras no galho coça a cabeça. Semi-escondido numa andiroba, um casal de macacos-aranha copula bravamente. Copular é o tipo de palavra que Victor usaria, mas ele finge não ver, não sabe lidar com macaquices. Quer impressionar Diana com outra coisa.

Leão, ela aposta. O Victor também é meio óbvio, mas passam reto em frente à jaula. Pulam o urso negro, o tal gigante adormecido por meses sonhando com coníferas, sempre o mesmo.

A joia da coroa, é assim mesmo que Victor fala, é um predador fantasma. Tigre branco nasce de erro genético, como os albinos. Fantasmas do gênero *Panthera tigris* e pessoas despigmentadas sempre se escondem para não serem mortos a pauladas. Ou coisa pior. Por causa dos poderes mágicos dos albinos, deceparam a mão da Pendo para usar num ritual — a menina tinha doze anos.

Diana se afasta de Victor para encostar no muro logo antes da cerca, vira o rosto para afastar a imagem da menina mutilada. Victor muda de assunto. Essa história da Pendo é na Tanzânia; Abhilasha, o tigre branco, é de Bengal.

Na Índia, Abhilasha podia se esconder nas raízes grossas brotadas na água do mangue, mas quando começaram a abrir clareiras para construir aqueles templos, também muito brancos, ficou visível demais. Virou fetiche, como os pandas da China, as zebras da Etiópia e outros animais exóticos em extinção. Aqui está a salvo — Victor não perde oportunidade de justificar as jaulas.

O tigre chega macio, naquele passo surdo dos fantasmas e predadores. Anda em círculos, as patas dianteiras e traseiras sincronizadas; o eixo do corpo oscila pra esquerda e pra direita, conforme a pisada, como quadril de sambista acompanhando os passos em câmera lenta.

Victor coça a nuca, põe a mão no bolso, uma mexida nos pés, bem pequeninha, mas dá pra perceber.

Diana visualiza o rosto do homem sem tirar os olhos do felino. Não consegue imaginar motivo pra romantizar tigre no zoológico. O bicho é raro, tem alguma elegância, mas, dependendo do ângulo, as pernas curtas fazem parecer um gato gordo, meio ridículo no desfile enjaulado. Como o Victor. Seria só mais um tigre; Diana imagina já ter visto muitos, não fosse o pelo de Abhilasha, branco listrado de preto, como o da zebra Djidade.

Podia viver camuflado entre as Grevy — Victor meio ri, meio se desculpa pela brincadeira. Até Diana, com seus poucos conhecimentos de zoologia, deve saber que tigres brancos não se misturam com qualquer mamífero.

O laudo do exame de necropsia é inconclusivo. O cadáver foi encontrado dentro da jaula do tigre branco, as mãos arrancadas. Administradores do zoo anunciam que o tigre será sacrificado, vieram os protestos: pelos direitos animais, contra o cativeiro, pelo fim dos zoológicos. E fazer o quê, deixar todos os bichos soltos por aí? Fecham ao público por tempo indeterminado, dispensam os funcionários terceirizados. Victor, com estabilidade por tempo de serviço, ganha uma licença-prêmio.

FIM DE FEIRA

Na esquina entre os peixes e as bananas — prata, ouro, cinco reais a dúzia de treze — mal dava pra ver. Ficava abaixo das outras bancas, ela ainda mais baixinha, sentada no caixote de pallets. Nem banca era, só um tabuleiro forrado de verdes vivos, alguns secos, uns dedos vermelhos de moça enfiados nas folhas mais frescas.

Percebe pelo cheiro. Chega misturado à maresia, o nariz ainda empapado de amônia, antes de comprar o peixe é preciso cheirar e olhar bem nos olhos do cadáver deitado sobre o gelo moído. Quando a maré baixa, os matos ocupam os buracos do nariz, os olhos acompanham. Hoje não, segura a cabeça para a frente, foco nas bananas. Mas a velha sabia, uma borrifada de água e tons de verde escorregam das mucosas para dentro da cabeça. Bruxa. Manjericão, adoro.

A baiana dos temperos veio do Pará faz tempo, tanto, difícil lembrar. Descobriu numa semana tranquila, com tempo de parar em todas as bancas, ficar por dentro de tudo. Velha de cabelos bem pretos, a tintura manchando o ralo na calva, porque mulher também fica careca, sabia? Precisa cuidar, mocinha (a bruxa rejuvenescia as freguesas). Semana que vem trago uma folha de babosa, esmaga no pilão e deixa a baba na cabeça até não aquentar mais. Não pode coçar, viu? E empurrava as ervas frescas, essa aqui é de presente, cheiro-verde, que é apelido de salsinha, bem ela, que cheira nada. Suave, gosto. Mocinha, bom mesmo é isso. Coentro, odeio.

Fazer o que com tanta folha? A coitada da auxiliar era esforçada, mas emburrecia em frente ao fogão, não saía do básico e nem queria. E a quantidade de sal na comida? Ainda reclamava da dor de cabeça, a pressão alta. Tempera com ervas e corta o sal, é pro seu bem. Dá pra usar manjericão, tomilho, alecrim só um pouco, que é mais forte, tudo menos coentro. Passasse uma água, depois ensinava como usar, ia demorar aquele banho de babosa. Deve ser superstição, custa tentar? Coçava horrores.

Foco na tela, trinta mensagens não lidas. Duas notificações no facebook. Bobagem, fecha a janela, foco! Coceira. A senhora não vai almoçar? Senhora é a. A senhora está no céu. Precisava ser tão servil? E por acaso sabia o que era servil? Desculpa, esta baba coçando na cabeça me deixou nervosa, pode ir, desculpa, vai antes da chuva. Na porta da frente (nesta casa não tem essa de entrada de serviço), tchau, leva o meu guarda-chuva, beijinho, a auxiliar se esforçando pra não se melecar na cabeça embabosada. Tão nova pra ter pressão alta, coitada. Se cuida, mocinha. Frase feita, odeio. Quase foi sincera, senhora é a puta que pariu, e com toda essa babosa, mesmo quando virasse uma senhora, não seria uma velha careca.

A baba escorreu na ducha, os últimos resíduos espremidos na toalha junto com o excesso de umidade, um ou outro fio ainda rebelde domado com finalizador. Absolut Control, L'Oréal. Não ia confiar só na baboseira da planta. Muito mais fácil manter o foco com a cabeça limpa, 25 das trinta mensagens no lixo, só faltavam as dez não lidas que entraram depois na caixa de mensagens. Deu para respirar os temperos lavados evaporando na mesa da cozinha. O gelado da hortelã, o manjericão óbvio, o alecrim forte anulando a salsinha e o cursor na espera. Só duas notificações no facebook. Não interagia muito, comentários neutros, opiniões jamais. Nem era dessas que só postam prato de comida e não sabem distinguir um tomilho de um orégano fresco. Tentou se conter. Odeio coentro. De vez em quando, é preciso opinar. Três novas notificações.

Quatro dias sem lavar e os cabelos continuavam bonitos. Sabia das coisas a baiana dos temperos. Tinha vindo do Pará, talvez fosse índia, precisava perguntar mais coisas. A cabeça continuava coçando. Só melhorou com três lavadas. É assim mesmo, mocinha, pra ficar bonita tem que sofrer. Remoía a raiva de frase feita enfiando a mão no punhado de salsinha. Mato embaralhado nos dedos, o verde grudando embaixo da unha, isso é o bom do Brasil, na feira você pode manusear, experimentar, pode até apertar as frutas, se machucar ninguém reclama, corta em pedacinhos e oferece pra freguesa bonita — não paga, mas também não leva. Não se fala mais assim, saiu de moda.

Deixa que eu escolho pra você. A velha separou os ramos mais brilhantes, arrancou as pontas amareladas e as folhas com pintinhas marrons, o que não presta pro lixo. Salsinha também não serve pra muita coisa, nem dá pra perceber o gosto, ó ela tentando empurrar o coentro de novo. Assim acaba perdendo a freguesa. Ah, minha filha (a velha já estava tomando intimidades), todo mundo perde alguma coisa na vida, alguns o freguês, outros os cabelos. Posso perder tudo, menos meus temperos. Uma vez, vieram os fiscais e levaram toda a mercadoria, os verdes, os secos, as pimentas, até o banquinho de pallet. Um pavor. Passei meses com medo de ir trabalhar, pulando de feira em feira, já pensou se me encontravam de novo? Sosseguei quando encontrei este lugar, entre as barracas grandes, mal dá pra me ver. E olha esse manjericão como está bonito, vou fazer um maço pra você.

Babosa que é bom não tinha. Pena minha filha, arranjo pra semana; começou a usar não pode parar, senão o cabelo cai mesmo, vai ver. A bruxa lançava praga com o sorriso cheio de dentes brancos, perfeitos, um susto: a velha não era desdentada, dá pra acreditar? Aí fica difícil. Feira era semana sim, semana não. Só ela pra comer em casa, quer dizer, tinha a coitada da auxiliar, mas a mocinha nem contava, desprezava os verdes, não sabia o que fazer com tanto tempero, se fosse por ela, apodrecia tudo. Você é quem sabe, mas presta atenção, se estiver caindo muito fio nem babosa dá conta. A bruxa mostrou os dentes.

Era pra garantir a freguesa semanal, certeza. Ir à feira duas semanas seguidas pra quê, com a geladeira cheia, tinha pra mais de mês. Tudo lavado, picado, o freezer abarrotado com tijolinhos de cheiro-verde. Finalmente a auxiliar aprendeu a congelar os temperos. Agora era só ensinar a usar: erva fresca entra quase na hora de desligar o fogo pra não perder o perfume, manter o brilho do verde e, pelo amor, se segura no orégano senão fica tudo com gosto de pizza.

Sem babosa, a cabeça parou de coçar; o sofrimento era contar os fios embaraçados na escova, arrancar cada uma das cerdas, um ninho de mafagafos. Perdia a conta, recomeçava, a água escorrendo nos ombros até lembrar de fechar a torneira pra evitar desperdício. Circulava os dedos nos fios grudados no azulejo para compactar o bolo de cabelos e poder jogar no lixo, senão entope o ralo. Uma pessoa normal perde cem fios por dia. Renovação capilar, a índia dos temperos nunca ouviu falar nisso, só sabe rogar praga.

Chegou à banca com um débito de mais de mil fios. Daqui a pouco dá pra fazer uma peruca. A velha dos temperos deu para ser irônica, por acaso sabia o que era ironia? Odeio. Uma beleza o manjericão, nem precisava, só a folha de babosa, mas levava os dois. Nessa altura vai ter que dormir com a baba no cabelo, vai arder, aguenta. O nariz coçava com a mistura de verdes acordados com um borrifo de água, o velho truque da índia. Cinco reais, trocado na mão, nem era pra estar na feira esta semana. Calma, mocinha, leva este maço, presente meu. Amassou o buquê aromático entre o guarda-chuva e a agenda, não cabia mais nada dentro da bolsa, tchau, estou com pressa.

Passada a esquina dos peixes, ralentou. Inspecionou os olhos e as escamas para ganhar tempo, não ia comprar mesmo. Nada hoje? Queria camarão, mas estava muito caro. Período de defeso, ah, então fica pra próxima. Torceu o nariz em direção aos temperos, se aproximou devagar. Esqueceu alguma coisa? Nada, só vim avisar sobre os fiscais, estão por aqui. A índia abriu demais a boca cheia de dentes, mas não era riso, acreditou no perigo. Desculpe, era só isso mesmo, preciso ir, boa sorte. Também vou, num segundo a velha já tinha raspado o tabuleiro, amontoando os verdes no caixote que servia de banquinho, os ramos de salsa enroscados nas pontas do alecrim, a hortelã esquecida na correria.

O buquê de temperos ficou na bancada, a auxiliar já sabia o que fazer. Ia demorar lavando os cabelos, não precisava esperar, as ervas podiam ficar secando sobre o papel-toalha, depois ela mesma guardava. Temperou bem a água, nem muito quente, nem gelada, a ducha perfeita pra tirar o cheiro de feira. Na cabeça, a massagem com babosa doeu, depois ia arder, sabia.

Nem se vestiu, a mocinha já tinha ido embora. Foi

checar se estava tudo certo na cozinha com a toalha rosa enrolada no corpo e a verde na cabeça. Devia estar tão ridícula quanto a índia dos temperos com a boca escancarada de susto, agora podia rir à vontade. Os aromas se misturavam, as folhas macias do manjericão, as lustrosas da hortelã, e as da salsinha, estranhas, grandes e redondas demais. Arrancou uma e torceu entre o polegar e o indicador, liberando o vapor de mato, um verde mofado, e a baba já queimando o couro cabeludo. A velha tinha enfiado um tufo de coentro no meio das ervas. Bruxa. Vaca.

INVENTÁRIO ~~DOS PERDIDOS~~

"Perca um pouquinho a cada dia"
Elizabeth B.

Acontece com todo mundo. Canetas baratas. As caras nem compra mais, é jogar dinheiro fora. Guarda-chuva. Chato, mas previsível. Óculos, um pouco pior. Precisava deles agora para encontrar uma das tarraxas do brinco.

De quatro, Eleanora enfia a cabeça embaixo da cama, alcança um cisco brilhante enroscado em pó e fios de cabelo. Precisava comprar um aspirador. Era efeito da luz, de perto nada brilhava na massa de poeira. Nada de brinco, cada vez mais difícil enxergar miudezas a olho nu.

Continua de gatinhas, pelada, dando um tempo para absorver o creme hidratante antes de se vestir. Não queria engordurar a roupa. O brinco combinava tanto com aquela blusa. Tenta encaixar uma das tarraxas avulsas. Frouxa. A outra, muito apertada, a haste nem passa no buraco. Vai para a reunião com um brinco só, ninguém comenta, sempre foi admirada por sua originalidade. Ganhou os brincos da equipe quando conquistou um grande cliente com uma de suas frases de ouro. Vieram no estojo de veludo com as duas tarraxas e o certificado de garantia da joalheria.

Ter lançado moda usando um brinco só não foi consolo, Eleanora ainda esperava usar o par completo. Avisou a faxineira pra procurar nos cantinhos quando varresse o quarto, adiou a compra do aspirador — poderia sugar a tarraxa.

~~Um brinco (joinha). Um colar (bijoux). Três tarrachas. Caneta do hotel-boutique. Óculos escuros.~~ Guarda-chuva não conta

A reunião era com cliente importante, a chefia pediu para não ir com um brinco só, causava má impressão. Isso aqui não é comunidade hippie. Deixou na gaveta, uma pena, a joia sem par dava sorte. Azar nesta, da próxima vez perderia a metade de algo mais discreto. Quem sabe do conjunto de calcinha e sutiã? Mas tinha de ser a parte de baixo, a de cima todo mundo percebe, mesmo com blusa larga, seios médios/grandes balançam sem sutiã. Ficou um pouquinho excitada com o plano de participar de uma reunião sem calcinha, mas ainda não estava no ponto de perder uma. Entra na sala sem caneta, o ar-condicionado no talo, não dá tempo de sair pra buscar um casaco.

Só tirou o brinco desparelhado da gaveta no dia de juntar suas coisas para se despedir da equipe. Tampas de caneta, estojo de óculos, lápis sem ponta, folhas em branco. Despedida. Não era bem perder o emprego, partia em busca de novos desafios — nem parecia uma frase de Eleanora, mas ela disse.

Caneta barata não conta. ~~Apontador.~~ Óculos de grau. ~~Agenda. Emprego~~

Foi mais fácil encontrar outro trabalho do que a tarraxa. Esta nunca. Como canetas, guarda-chuvas e óculos, embora façam falta. O único problema de não usar mais brincos é fechar o buraco no lóbulo, mas dá pra furar de novo em qualquer farmácia ou com uma agulha de costura bem desinfetada. Fogo mata todos os germes. Sua mãe acendia um fósforo e esquentava a ponta da agulha até ficar preta para furar bolhas nos pés e nas mãos. Furou também o abcesso ao lado da unha encravada no mindinho, apertou pra sair todo o pus, doeu muito. Também, quem mandou Eleanora roer tanto as unhas.

Tentava não roer na frente dos outros, especialmente no trabalho novo. Era mais fácil se controlar quando pintava as unhas de vermelho. A mãe nunca tinha deixado, as falangetas de Eleanora viviam em carne viva, deformadas. Ela escondia as mãos nos bolsos, debaixo da carteira da escola ou atrás das costas, quando faziam fila. Uma vez perdeu seu lugar na fila, não conseguiu entrar na sala e fingiu ter cabulado a aula de propósito, mas os outros alunos continuaram chamando Eleanora de CDF. Por causa dos óculos cheios de graus.

Naquela época, as canetas não sumiam. Guardava no estojo com zíper, em ordem: azul, preta, vermelha. E a dourada. A Helena, da carteira ao lado, tinha inveja, o Lucas elogiava. Um dia Eleanora emprestou pra ele e depois iriam conversar no recreio, só os dois. Teve conversa nenhuma. Na outra semana, Helena mostrou para todo mundo a caneta dourada, foi presente do Lucas, ela disse.

Sempre fui assim desapegada, Eleanora contou a história para as novas colegas de trabalho às gargalhadas. Sorte sua, elas riram de volta e nunca mais emprestaram suas coisas para ela.

Agulha. ~~Unhas. Amigas. Lucas~~

Só não podia perder prazos e clientes, o chefe pilhava. Sabe onde você vai encontrar um emprego como esse?

Eleanora não tinha talento para encontrar nada, mas dava um jeito. Perdia o sono, os deadlines nunca. Matar ou morrer. Dobrava a cota de café sem açúcar, pintava as bolsas sob os olhos com corretivo, um tom mais claro do que a pele. Lustrava um pouco as palavras antes de entregar o trabalho, às vezes conquistava o cliente, às vezes esquecia a echarpe no táxi. Nunca devolviam.

Deixou o anel na pia do banheiro da firma. O noivo nunca aceitou a perda da aliança. Era muito larga, Eleanora passava creme nas mãos, nem deu pra sentir quando escorregou. Ele trouxe outra, bem apertada. Só iam se casar no civil, festa em casa mesmo.

Chamaram um uber para levar a papelada no cartório, no centro não dá para estacionar. Os carros atrás buzinando, o noivo correu para fechar a porta, bateu antes de Eleanora tirar a mão. Uma puta dor, mas não quebrou nada, o problema era a aliança no dedo inchado. Se não tirar, gangrena. O ortopedista usou serra elétrica. Nem respira, dona Eleanora, se eu errar corto junto seu anular.

~~Cliente. Echarpe. Aliança.~~ Dedo. ~~Noivo~~

Como assim, perder alguém? A ideia de posse é uma construção social. Namorado novo, Artur só se apega às mesmas palavras; Eleanora perde até o cartão de crédito (quer coisa mais libertária?). Feitos um para o outro, ela só não disse por parecer contrarrevolucionário. Relacionamento aberto. Isso. Artur adora definições, toca violão mais ou menos e chupa bem.

Eleanora deu uma camisa social de presente para o namorado, mas ele não liga pra essas coisas. Ficou puto quando ela usou a camisa dada de presente pra ir ao trabalho — ela tinha esquecido de levar uma limpa e a reunião era de manhã bem cedo. O chefe achou sexy, essa coisa antiga de mulher usando roupa de homem. Transaram na sala de reuniões, outra antiguidade. Eleanora devolveu a camisa lavada e passada.

Artur vestiu o presente só uma vez, o primeiro e único encontro com a mãe de Eleanora. Dona Lê (a filha tinha o mesmo nome e sempre recusou apelidos) usava o cordão de ouro com o pingente turquesa em forma de lágrima. Blusa de seda, parecia, mas era viscose. Os dedos cruzados sobre a barriga, a aliança de ouro escoltada pela de brilhantes, mais fina. A maquiagem pesada como o cheiro das flores. Artur odiava velório e estava meio nauseado, encontraria a namorada mais tarde, em casa. Na dela. Artur levou a chave e Eleanora chegou de madrugada, ele demorou pra ouvir a campainha. Transaram sem preliminares, papai-mamãe.

No cartão de condolências, o chefe se colocava à disposição para qualquer coisa. Ela poderia estender a licença por quinze dias. Tirar férias, se quisesse. No sétimo dia, Eleanora mandou o pedido de demissão num e-mail coletivo. Algumas colegas responderam. Vai fazer falta. Abs. O RH mandou a declaração de nada a receber. Assinar as três vias, pode enviar pelo correio.

~~Relatórios~~

Vestiu para sempre o mesmo jeans, no mato uma calça basta. Na cidade, usava uma por dia. Perdeu várias quando começou a desinfetar tudo com água sanitária e a manchar as roupas, doou quase todas ao se mudar para o campo. O anel de brilhantes da mãe ficou com a faxineira, se precisar, pode vender. Perdeu o pingente de lágrima. Teria contado ao pai, ele morreu seis meses depois de dona Lê.

Foram se encontrar no céu, teria dito o padre, mas Eleanora chegou depois da missa. Artur ficou no sítio.

Iriam viver de paz, amor, sexo, um pouco de droga e muita MPB numa comunidade rural. Paz pode ser, sem chefe para pilhar, o lado bom do fim do emprego. Droga não rola, acabou a grana. Amor e sexo, no começo, estavam sempre na cama, o namorado só se levantava às seis da tarde, antes das nove já estava deitadão de novo. Foi embora porque não aguentava mais viver sem internet, vida mais simples é o caralho. Levou o violão. Eleanora pensa na língua, no pau e na música dele quando vê a Via Láctea no céu despoluído. É incrível como no campo dá para enxergar todas as constelações.

MANGA

"Where do they all come from?"
John L. & Paul M.

Walkiria mudava de calçada para não cruzar com o Manga, apertava a bolsa debaixo do sovaco, um medinho sem exagero. Lembrar de sair sem o celular, as vizinhas tinham avisado. Não, o bairro é bom, seguro. O Manga, inofensivo, só grita para as nuvens. Nada pessoal, entende? Do outro lado da rua, Walkiria cata umas folhas do chão, guarda no bolso da jaqueta. Ninguém ouve o sermão do Manga. Ele não fala coisa com coisa, mas, talvez — enrugou os lábios, para ninguém a ouvir falando sozinha, como o Manga.

Essas árvores.

De onde vem tanta folha? Manga sabe: vão acabar com o mundo de tanto limpar a calçada e cortar galhos. As árvores vão salvar o planeta, ele grita.

Quase sem dentes, as costelas flutuantes furando a pele, o osso esterno tão afundado quanto o umbigo. Anda sem camisa pra causar pena, só pode. Magreza de Noia não é falta de comida, é droga, mas as vizinhas recomendaram dar algum resto, a fome pode deixar algumas pessoas violentas. Até o Manga. Ela mesma estava ficando histérica com o regime, tanto esforço e a idiota da vendedora mostrando as roupas 46, com certeza queria empurrar o estoque encalhado, vendedora de shopping é uma merda.

Voltou pela Rio de Janeiro. Essas calçadas. Um tapete. Os jardins vazando pelas grades, os janelões. Poderia passar a vida nessas janelas. A rua cheira a Phebo, o preto tradicional, de rosas. Gentileza dos porteiros, desligam o esguicho pra gente passar. Os seguranças dão bom dia, até para o Manga; o cara de regata, bíceps perfeitos também, sem olhar para Walkiria nem tirar os fones: bom-dia, Manga. Ela contrai o abdome, trava os joelhos e não atravessa a rua. Prende a respiração, pisa firme, o bom-dia sai fanhoso. Um desperdício, a voz de Walkiria é tão bonita, poderia ser cantora se não fosse uma empreendedora de sucesso.

Manga continua olhando para as nuvens e para a frente, um fundo infinito de vidros fumês, varandas com vasos e espreguiçadeiras, jardins bem podados, os antúrios explodindo. Ele responde sem mirar a ex-futura cantora. O bom-dia baixo, quase respeitoso, sai cuspido dos buracos entre os dentes, o pingo do i direto na meia-franja de Walkiria.

Solta o ar ainda com cheiro de Manga e cobertor de feltro, ajeita a franja com reflexos puxando para o dourado — loiro-escuro, pra não envelhecer nem parecer vulgar —, limpa a mão na jaqueta branca impermeável. Dá nisso, cumprimentar essa gente. Lembrar de sair com álcool em gel.

Dá meia-volta e acelera, o cara do bíceps um pouco à frente, amarrando o cadarço. Bom dia, você também é amigo do Manga? Deve estar ficando surdo, não tira esses fones do ouvido, nem respondeu. Esses caras só têm músculo e nada na cabeça, mal conseguem amarrar um tênis. Não ia entender nada, mesmo. Walkiria pisa mais forte, da vergonha pro desprezo é um pulo. Precisa chegar logo para contar tudo pras vizinhas — quase uma aventura, elas nem imaginam — e ver se a faxineira tirou a picanha do forno. Detesta carne passada do ponto.

Sorte, as vizinhas estão na portaria, vieram pegar os deliveries — agora inventaram que porteiro não pode mais subir pra deixar as entregas na porta de casa. A vantagem é poder contar logo o seu encontro com o Manga. Ficamos amigos, dei bom-dia para ele. Melhor dar comida — a magricela do nono andar sempre pronta pra criticar, deve ser inveja. Walkiria acelera: fiz uma picanha, tenho visitas hoje, vou guardar um pedaço pra ele. A ruiva falsa do oitavo ajeita a ponte dos óculos com o dedo médio, agora está cheio de pedintes na rua, não sei de onde vem toda essa gente. Da Marechal — a grisalha do décimo-primeiro balança os cabelos curtinhos; não deveria ter parado de pintar, envelhece muito, apesar do corte moderno. As vizinhas levam tudo a sério. Nem choveu hoje, Walkiria tira o agasalho impermeável, a camiseta grudada nos peitos magníficos, com tanta teta podia ter amamentado um batalhão. Pena, o filho é único. Sorte, um filho desses... Melhor ficar quieta, essas vizinhas são invejosas, todas, não só a magricela, mãe de três Dumbos.

O Manga também tem orelhas de abano pregadas no crânio. Balançam mais na subida, um esforço do esqueleto para sustentar o cabeção de elefante. Walkiria não gosta, essas comparações poéticas não servem pra nada e as vizinhas não iriam entender. Ninguém a entende.

Só a Margarete. Entendeu direitinho a hora de desligar o forno sem torrar a picanha. O ponto certo é tudo na vida. Desculpa, preciso subir pra arrumar a mesa. Margarete sempre concorda com dona Walkiria e não critica as novas amizades. Conhece o Manga, todo mundo no bairro sabe dele. Margarete não é do bairro, mas frequenta três vezes por semana, pode ser considerada da casa. Nunca lasca o esmalte, nem em dia de faxina pesada. Deu para usar Amarelindo, novidade da Risqué. Walkiria até gosta, mas não usaria, prefere os tons nudes para o dia a dia, vermelhos para ocasiões especiais. Mas agora precisa do Manga, como vai entregar a picanha pra ele? As pontas, depois de cortar; na travessa só as fatias inteiras. Margarete pode levar, vai para a Marechal pegar o metrô. Você vem de lá, nem imaginava. Pronto, resolvido. Walkiria sempre foi prática, o segredo das pessoas altamente eficientes.

Não seria melhor o filé mignon, mais molinho? Essa Margarete. Estava se fazendo de tonta, o mignon era para o filho da patroa, sabia muito bem. Pra fazer na hora, na manteiga, ele adora. Há tempos não cozinhava para o filho ou pra quem quer que seja, ele nem iria acreditar. Sorte dele ser filho dela.

Margarete deixou a mesa posta. Parou no Dia. Picanha em oferta, de R$ 69,90 por R$ 49,90 o quilo. Esses preços. O Manga nem vai poder comer, não tem dentes, é até provocação. Cruza a alça da bolsa no peito, as sacolas plásticas encaixadas nos ombros. Paralelepípedo, pedra, cimento, a calçada oscila, Margarete olha onde pisa, não repara nas árvores, nas varandas pequenas e janelas médias em cima do boteco e da loja de material de construção — não param de construir nessa cidade. Na lateral do metrô, os corpos enrolados em plástico e feltros, só o Manga em pé, gritando para a puta no banco do ponto de táxi. Ela nunca sai de lá, ninguém pega táxi hoje em dia.

Os talheres estavam no lugar certo, Walkiria acrescentou facas de churrasco, à direita, a travessa de picanha no centro. Ninguém veio. Guardou alguns pratos, deixou só dois para o jantar com o filho. A picanha foi para o congelador, um pecado, o ponto estava perfeito.

Três trens até Margarete conseguir entrar no vagão. Esse horário. Em casa, uma bagunça, a pia cheia de pratos. Colocou na mesa os salgadinhos do Dia e a picanha no ponto. A filha mais velha nem tocou, tinha nojo de sangue. Então fica sem Baconzitos, pra deixar de ser fresca. Nem ligo — a filha saiu batendo a porta.

O filho único de Walkiria atrasou. E essa cara estranha, de onde você veio? Estava com uns amigos, mãe, você não conhece. Você precisa conhecer o Manga, uma figura, todo mundo do bairro conhece. Até eu, mandei um jantar incrível pra ele. Picanha. Nunca deve ter visto na vida, nem vai valorizar. O filho não estava interessado em Manga.

Deixa ele ver o bifinho. A gordura perfumando a cozinha, a frigideira fundo duplo na pia. Margarete lava quando vier.

Walkiria limpa as mãos no pano de prato. Surpresa: entra na sala cantando, há tempos ninguém ouvia seu *mezzo-soprano* tão lindo. As janelas abertas pra não empestear a casa de manteiga; as vizinhas ouviriam. Nem liga pra elas, não valorizam nada, como o Manga. Estende os braços e abaixa a cabeça para colocar a travessa na mesa. Os bifinhos brilhando.

Mãe, quantas vezes preciso dizer, sou vegetariano. Levou um pedaço de bolo para comer depois, tinha um compromisso. Esses meninos.

MINHAS FÉRIAS DE UM MÊS

Lua nova, começando a crescer

Os papéis, todos, antes, porque sempre são deixados por último e acabam ficando ali mesmo se reproduzindo como *Aedes aegypti* em água parada — geração não-espontânea nem deliberada de folhas, blocos, cadernos, recibos, documentos — e não dá para jogar tudo sem ler, imagina: um dia vem o fisco, o banco, o INSS, o cobrador, o devedor e exige a prova, cadê?

Não fazer drama é o segredo da arrumação perfeita. Depois de um surto, ao ver se aproximar a crise dos trinta anos (uma lenda suburbana originada no século 19), a japonesa Marie Kondo descobriu como deixar a casa em ordem sem arrancar as casquinhas de ferida, as unhas e os dentes mal obturados e vendeu para o mundo seu método de desapego pragmático.

Isto me faz feliz? Arrancar um dente seminovo, usado tão poucas vezes para mastigar carne de segunda, às terças, quintas e sábados, dói quanto? Depende do método. Segundo Kondo, é preciso pegar cada peça, meia, calcinha, panela, liquidificador e perguntar se te traz felicidade. Não, né? Então obrigada meia, calcinha, panela, liquidificador, por terem sido úteis para mim algum dia, mas agora, em nome da ordem, da limpeza e do método KonMari, eu vos descarto para todo o sempre, amém.

Obrigada o caralho. Ideia de merda colocar tudo para fora de uma só vez, as portas arrombadas do armário espiando o amasso das roupas jogadas na cama. Roupa amassada não traz felicidade, mas olha aquela saia toda embolada, parece até mais alegrinha.

Erro foi não seguir o método. E agora achar a roupa de festa, já é Natal e a saia embolada nem foi mandada à lavanderia, até dá pra desamassar, mas o cheiro da porra só lavando a seco. O vestido novo reservado — a roupa deve permanecer virgem até a hora de pendurar o ano velho no cabide. Não é branca, o Réveillon será florido. Calcinha branca, amarela ou vermelha? O método é pensar em cada detalhe desnecessário para chegar à desarrumação perfeita.

Crescente, quase cheia

Calcinha vermelha. E mais duas semanas e treze horas para entrar nas Minhas Férias de um Mês. Isso não existe mais, tem que inventar.

A praia na décima-quarta hora é uma bolha, como aquelas de vidro com um bonequinho ou uma casinha dentro onde, sacudindo a bola, caem flocos de neve. Se sacudir a praia-bolha vão cair as estrelas. Dá um alívio ver como o mundo é mesmo redondo e estrelado. Entrar no mar Moreré, quente. De noite mais ainda.

De dia, dá para sair de barco, passar pelo mangue, chegar a outras praias de Boipeba.

Luís não tem lancha, dirige as dos outros, ganha comissão por viagem. Nasceu na ilha, prematuro, 600 gramas de carne recém-nascida. Não resistiria à primeira doença, já tinham até encomendado o caixão, foi a sorte: caixa tão feia fez Luisinho abrir o berreiro e sair correndo, pela primeira vez engatinhou. Nasceu duas vezes, como dizem, e hoje ninguém diria ter quase virado anjinho, com essa pele e olhos brilhantes dos muito vivos. Aproveita a temporada para passear de lancha com os turistas, ganhar comissões e quem sabe gorjetas por uns dois meses. Os outros dez meses vão chegar não muito depois das Minhas Férias de um Mês, e ele vai trocar passeios com turistas pela pesca, como quase todos que ficam naquele lugar de férias quando elas acabam. Como Tica-Tica — era para ser ele o motorista da lancha, mas anda bebendo demais para guiar barcos turísticos. Luís não bebe, ficou com os fregueses e com a ex-mulher de Tica-Tica. Muitos turistas preferem ir de barco à Cova da Onça, o caminho por terra é só areia fina e branca, boa para deitar na canga, mas andando a areia entra ardendo pelos chinelos, o pé rasga de bolhas.

Cova da Onça é como chamam no vulgo, Neliton capricha no ditongo. O nome mesmo é Arraial de São Sebastião, sabe quem nasceu lá há 81 anos, ou há muito mais, como o pai, avô, bisavô, tetravô de Neliton. Na cova, os jesuítas se escondiam dos índios, onça coisa nenhuma, o nome do bicho é só para os inimigos da fé e dos catequizadores não chegarem perto. Neliton é bem católico, antepassados brancos, jura, só nasceu preto porque alguns parentes resolveram entrar para a Nação Jeje. Neliton nem é do candomblé, é da Igreja, mas graças a Deus não precisa se esconder na cova como os jesuítas, porque os índios não perseguem mais os cristãos.

Minguante, nova

Menos branca (mas ainda branquíssima para os Jejes) dá para encarar o sol sem mar de São Félix, atravessar a ponte para Cachoeira, andar nas ruas sem sombra em busca de um restaurante. Sol do meio-dia começa às nove, ou antes, no Recôncavo.

Vista do alto, do terraço da pousada de São Félix, Cachoeira é uma linha de fachadas coloniais acompanhando o rio e subindo os montes. Não dá para ver as casas descascadas com portas de alumínio. São Félix já foi de Cachoeira, emancipou-se, colocou suas próprias barracas de pastel em frente ao Paraguaçu, perto da ponte.

Para os búzios e o banho no terreiro, precisa atravessar a ponte e subir numa quebrada de Cachoeira. Dá para ouvir os rojões lá perto, quando chega a droga. Na sala de visitas do terreiro, dois funcionários da Tsunami Internet, o nome da firma em letras brancas na camiseta azul, devem ser de Iemanjá. Vieram melhorar a conexão do terreiro com fibra óptica. As entradas para os outros cômodos são portas de panos. Rendas e *richilieus* só não cobrem a entrada da cozinha e a do quarto onde o dono da casa lê os búzios.

Banho de axé é bicho, comida esfregada na roupa, fumaça, chifre queimado, galinha viva e pombo. Sai tudo com a água do balde despejada na cabeça e escorrida no chão de terra, cheiro fresco de folhas.

Nos cestinhos decorados com festões e papel laminado, azul e pink, frutas, flores, feijão pronto, pipoca, perfumes vão de barquinho até a Pedra da Baleia. É para emborcar o cesto na água de uma só vez, pode deixar, Iemanjá consegue pegar tudo.

Crescente, cheia

No seu dia mesmo, Iemanjá tem mais trabalho para recolher os presentes. Muita coisa, no rasinho perto da areia, em alto e médio mar, despejam flores, perfume e champanhe na data-palíndromo, 02 02 2020.

Costa do descobrimento, na barra entre o rio e o mar, precisa se espremer por um cantinho da cerca para chegar no ancoradouro e entrar no barco. Uma mulher entalou, mas gente demais conseguiu entrar. O capitão só parte com 58 passageiros, lotação máxima avisada na placa ao lado do leme, com assinatura da Marinha. Embarcaram uns vinte a mais. Alguns passam para o barco menor, atracado ao lado, outros disfarçam, o capitão não cede até desembarcar o excesso de corpos predispostos a correr o risco da superlotação.

Os dois barcos partem acompanhando um menor, com homens vestidos de branco marcando nos atabaques sístole, diástole, sístole, diástole, acelerando os batimentos cardíacos de uma mulher de branco que dança na embarcação maior; ela "bola", manifesta a santa, os companheiros dão abraço e cafuné.

Parada em águas altas e sem ondas: as oferendas boiam, quem quer pular no mar de roupa, biquíni, calção. Quem não pula fecha os olhos, para não arder com o perfume borrifado por duas moças, alfazema, Iemanjá adora. Minha vó também adorava Água de Alfazema, sempre tinha uma no seu banheiro, no da minha mãe deu pra ter de novo. No rótulo do frasco, uma camponesa segurando com uma mão um cesto de flores na cabeça, como a mulher de branco e azul desfilando da vila de Santo André até o barco, mas ela consegue equilibrar o cesto na cabeça sem usar as mãos.

Minguante, nova

Regar as plantas
Tirar as roupas da mala
Lavar roupas brancas
Lavar as coloridas (separadamente)
Pintar os cabelos (brancos)
Doar roupas (brancas e coloridas)
Pegar o boleto do IPTU
Mandar as TEDs, entrar no vermelho
Tomar café (antes)
Pontuar as frases só depois do café
Fumar só depois do meio-dia
Dividir o dia e juntar tudo depois
Dormir antes da meia-noite

Reguei as plantas

ESPÉCIES DE APARTAMENTO

> "Mas o senhor não sabe
> que as plantas sentem dor que nem a gente?"
>
> Caio F. A.

Atrasei porque estava cuidando dela. As coisas pequenas precisam de muita atenção, mas não pedem. Mentira. Quando precisam, pedem — baixinho —, difícil escutar. Daí inventamos cuidado demais e elas só pedindo menos, menos.

Difícil entender as grandes apequenadas. Miniaturas. No cachepô, parece criança vestida com roupa de adulto. Anão. Não é o terno do pai, o sapato da mãe. São roupas tamanho infantil, na medida exata do corpo pequeno, mas a vida lá dentro apertada, pedindo baixinho para sair, arrebentar os botões.

O botão menor do minigirassol não explodiu, ficou encolhido embaixo da flor-mãe e se retorceu todo, girando para as pétalas acima — eram o sol, do seu pontinho de vista. Sem perceber o engano, sonhou girar na direção do fogo e nunca mais acordou.

A mãe continuou ereta. Chegou ao limite de seu nanismo. Quinze centímetros de altura, se tanto, fora as raízes. Estas ficam escondidas, salpicadas de um fungicida de nome feio, como sempre, paclobutrazol, abreviado para pbz. A química inibe o hormônio do crescimento e a planta até desabrocha, mas não passa da puberdade. Um miniadulto. O pbz também achata as juntas do caule, como as vértebras de um pescoço tenso. Deve ser muita tensão para o pescocinho do girassol sustentar aquela cabeça desproporcional, mesmo na versão mini.

A corola do diâmetro de uma xícara de café, daquelas antigas, porque hoje a moda são xícaras grandes e plantas pequenas, ideais para apartamentos compactos. Girassóis são épicos demais para esses ambientes e nem saberiam viver em confinamento, por isso inventaram o pbz, domesticaram. Mas podem ser felizes assim, como cachorrinhos na sala. E são, vivem rindo para a janela. E ainda vivem mais, parece, do que os do campo, de tamanho e vida normais, até porque, hoje em dia, não se usa mais esse conceito de normalidade para os girassóis.

Como para tudo, não há regras. Regar todo dia, a cada dois, esquece. Daí um dia, repara, a flor continua girando, o botãozinho lá no seu cangote, será que abre? Um dia desaparece. Não caiu, vai só diminuindo, até ser engolido de volta para o caule. A flor-mãe continua girando, porque é isso o que deve fazer.

Girassol dura pouco, uns três dias. Essa eu aprendi com o cfa, ele disse quando já estava bem magrinho, um fiapo de gente. Mas ele falava dos girassóis selvagens, que vivem ao ar livre. A flor anã, que já tinha chegado aberta, garantiu seu lugar ao sol por quase duas semanas — uma eternidade para um ser pouco mais comprido que um lápis. Passou a segunda metade de sua vida breve cabisbaixa, é verdade, mas esse é o comportamento dos girassóis desde sempre, muito antes de terem inventado o pbz.

Enfiei um hashi na terra e apoiei a corola. Levantou a cabeça, já medindo menos que a boca da xicrinha. Água misturada com fertilizante líquido, só uns pingos, para não afogar. Esqueci, lembrei. As pétalas enrugadas, o porte de uma velhinha apoiada em sua bengala. Continua ali, um minissol congelado. Nem sei se cortando com cuidado, bem no nó do caule, rebrota. Acho que girassol-anão não foi feito para ser podado.

FUGA EM DÓ MAIOR

Aproveitou a hora em que o velho foi para o quarto com a mocinha. O que iriam fazer era problema deles.

Já estava na hora de ir para sua casa. Não queria parecer indelicada, aquelas pessoas insistindo para ela ficar. Especialmente o velho. Se ao menos ele estivesse com a barba feita, vê se isso é jeito de receber visitas. A mocinha de branco até que estava bem vestida, mas era a mais insistente. Chata. Fecha a porta devagar para não ouvirem.

O elevador para em todos os andares, alguma molecagem. Sexto. Quinto, um vaso de flores, óleo sobre tela, aparece na janelinha da porta. Ninguém abre. Quarto. No terceiro, um espelho, ela sai para se olhar, uma mão segurando a porta do elevador, outra ajeitando o cabelo. Já estava na hora de retocar as raízes. Desiste de espiar o segundo e o primeiro. No térreo, o moleque abre a porta do lado de fora, antes de ela tomar a decisão. Não assume o susto nem aceita desculpas, só pode ter sido esse moleque que apertou todos os botões.

Passa direto pelo porteiro e fica presa numa gaiola, nem na rua, nem no prédio. A grade da frente só abre quando a de trás fecha, dá uma corridinha. Sapato com saltinho, quase vira o tornozelo, mas antes isso do que ficar presa naquele prédio. Precisava ir para sua casa.

O carro freia quase em cima; se liga, tia, tá no meio da rua! Ela nem ligou, mal ouviu os gritos do motorista, mas parou antes de subir na calçada, a água da sarjeta lavando os sapatos novos. Por que todos os carros são pretos? Precisava passar na mercearia antes de voltar para casa. A sua.

Todos os prédios com gaiolas na entrada. Algumas de vidro espelhado. Anda acompanhando seu reflexo, a figura distorcida e muda, mas ela não queria conversa mesmo. Queria lembrar a lista de compras, tinha esquecido o papel anotado. Biscoito de chocolate, queijo, pão. Ninguém fazia pão como o seu João. Conheceu ainda menino, quando começou a trabalhar na mercearia, viu casar, ter filhos, aos sábados levava para ajudarem no trabalho. A mercearia não chega nunca, deve ser na outra rua.

Os prédios iguais, com muros transparentes, como alguém vai saber a diferença entre um e outro? Aquele tem um jardim com palmeira e antúrios, deve estar perto de casa. Mas precisa passar na mercearia; atravessa na faixa listrada tentando pisar só nas listras brancas — o combinado com o irmão quando iam comprar pão, quando o seu João ainda era menino. Era João ou José? Alguns carros são brancos, esses buzinam mais alto.

O moço oferece o braço. É bonito, mesmo muito mal vestido, pior que o velho do apartamento. Ela podia paquerar só um pouquinho, precisava ir logo pra casa. O sinal já abriu, o moço disse. De onde ele a conhecia? Era o filho do seu José, talvez, podiam ir juntos à mercearia. Ele não sabia de nenhuma mercearia naquela rua, que pena. Precisa de ajuda, tia? Mania irritante chamar as pessoas de tia, só por isso nem agradeceu, virou a esquina.

Já tinha passado naquela rua, o prédio-anão escondido entre dois gigantes com colunas na entrada. Só dá para notar o menor por causa das pastilhas brancas, verdes e azuis. Duas brancas, uma verde, três brancas, uma azul, ela sobe o olhar pela fachada, alcança o primeiro andar. Duas brancas, uma verde, uma azul, está errado, recomeça a contar a partir do térreo. Naquele prédio não tem gaiola, o cachorro sai direto para a rua, leva a menina atrás, agarrada na coleira esticada. Sempre quis ter cachorro, mas nunca.

Segue a menina. Com certeza está indo comprar biscoito de chocolate, as crianças adoram. Ela continua gostando, e depois das compras vai voltar para sua casa: é do lado da mercearia. Isso. Podia ir mais rápido, mas o cachorro para em todos os canteiros, cada árvore em seu quadrado delimitado por cimento pintado de branco. Com a mão enfiada no saco plástico, a menina recolhe as cagadas do cachorro. Por isso nunca teve um, imagina ficar recolhendo merda na rua. Palavrão não se fala, mas pensar, pode.

A menina gira o quarteirão, tonta, não sabe aonde vai. Ela segue em frente, a faixa vermelha acompanhando a calçada, por que pintaram uma parte da rua? Mais à frente, a bicicleta, deve ser do seu João, ele não tem carro.

Acém, R$ 27 o quilo. Está perto, a mercearia fica ao lado do açougue. Para em frente ao pátio coberto por eternit, uma fileira de carros pretos e prata saindo do buraco aberto na rua, arrombaram a mercearia para fazer isso. Dos vidros escuros dos automóveis, nem vão perceber ela chorando.

Tenta enxugar os olhos antes de o velho e a mocinha de branco chegarem. Desculpe, preciso ir para minha casa. Claro, vamos te levar querida. Aquele velho é meio abusado. Ela os segue sonâmbula, passa a gaiola, entra no elevador. Não resiste, só não deixa o velho passar o braço por seu ombro, quem ele pensa que é? No terceiro andar, o homem engravatado abre a porta, ah, está subindo. Antes de o elevador fechar, vê o seu rosto no espelho do hall, vai chorar de novo. O velho também.

NOTA

O conto "Tantra e a arte de cortar cebolas" foi publicado pela primeira vez no número 156 da revista *Piauí*, em setembro de 2019.

SOBRE A AUTORA

Iara Biderman nasceu em São Paulo, em 1961. Formou-se em jornalismo pela PUC-SP em 1983 e, em 2011, foi pesquisadora convidada da faculdade de Jornalismo da Universidade de Cardiff, no Reino Unido. Atualmente é editora da revista *Quatro Cinco Um*, e trabalhou anteriormente como repórter e editora nas redações do jornal *Folha de S. Paulo* e do núcleo de revistas das editoras Globo e Abril, onde cobriu as áreas de comportamento, saúde, ciência, cotidiano e cultura. Crítica de dança e membro da Associação Paulista de Críticos de Arte (APCA), foi curadora de festivais e prêmios de dança no Brasil, crítica convidada de festivais internacionais, na Itália e na Polônia, e autora de ensaios sobre dança para publicações da São Paulo Companhia de Dança, do Itaú Cultural e da Mostra Internacional de Teatro de São Paulo (MITsp). *Tantra e a arte de cortar cebolas* é seu primeiro livro de ficção.

Este livro foi composto em Minion
pela Franciosi & Malta, com CTP
e impressão da Edições Loyola em
papel Pólen Natural 80 g/m² da Cia.
Suzano de Papel e Celulose para a
Editora 34, em junho de 2024.